CONFESIONES DE UN AMIGO IMAGINARIO

TAL COMO SE LAS CONTÓ A
MICHELLE CUEVAS

PUCK

Argentina – Chile – Colombia – España
Estados Unidos – México – Perú – Uruguay – Venezuela

Título original: *Confessions of an Imaginary Friend As Told to Michelle Cuevas*
Editor original: Dial Books for Young Readers – an imprint of Penguin Young
Readers Group (USA) LLC
Traducción: Marta Torent López de Lamadrid

1ª edición Abril 2017

Text and interior artwork Copyright © 2015 by Michelle Cuevas
All Rights Reserved
© de la traducción 2017 *by* Marta Torent López de Lamadrid
© 2017 *by* Ediciones Urano, S.A.U.
Aribau, 142, pral. – 08036 Barcelona
www.mundopuck.com

ISBN: 978-84-96886-54-4
E-ISBN: 978-84-9944-955-5
Depósito legal: B-4.258-2017

Fotocomposición: Ediciones Urano, S.A.U.

Impreso por: Rodesa, S.A. – Polígono Industrial San Miguel
Parcelas E7-E8 – 31132 Villatuerta (Navarra)

Impreso en España – *Printed in Spain*

Para Carly:

No concibo una amiga mejor.

1
TODOS ODIAN A JACQUES PAPIER

Sí, mundo, estoy escribiendo mis memorias y he titulado el primer capítulo así tal cual:

TODOS ODIAN A JACQUES PAPIER

Creo que eso refleja de forma bastante poética el drama preciso de mis primeros ocho años en el mundo. No tardaré en pasar al segundo capítulo, donde confesaré que el primero en realidad era una exageración, como el cuerpo de acordeón exageradamente alargado de mi perro salchicha, *François*. La exageración estaría en la palabra todos. Hay tres excepciones a esta palabra, que son:

Mi madre.

Mi padre.

Mi hermana gemela, Fleur.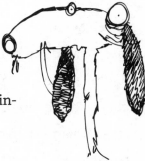

Si eres observadora, te habrás dado cuenta de que en la lista no he incluido a *François*, el perro salchicha.

2
FRANÇOIS, EL HORRIBLE PERRO SALCHICHA

Muy probablemente niño y perro formen el más clásico de todos los dúos clásicos.

Como la mantequilla de cacahuete y la mermelada.

Como el pie izquierdo y el derecho.

Como la sal y la pimienta.

Y, sin embargo.

Mi relación con *François* se parece más a una bofetada de mantequilla de cacahuete. A un pie izquierdo en una trampa para osos. A la sal en un corte recién hecho con papel... ¿Lo vas pillando?

En honor a la verdad, no toda la culpa la tiene *François*; las cartas de la vida se han amontonado considerablemente en su contra. De entrada, no creo que la persona encargada de diseñar los perros supiera lo que estaba haciendo cuando pegó las cortas patas de *François* a su cuerpo en forma de plátano. A lo mejor estaríamos todos de malhumor si nuestros vientres limpiaran el suelo cada vez que saliéramos a dar un paseo.

El día que lo trajimos a casa, de cachorro, *François* olisqueó a mi hermana y sonrió. Me olisqueó a mí y se puso a ladrar; y en ocho años no ha dejado de hacerlo cada vez que estoy al alcance de su infame hocico.

3
LAS MARIONETAS DE LOS PAPIER

Cierto es que *papier* es la palabra francesa para papel. Sin embargo, mi familia no fabrica ni vende papel. No, mi familia trabaja en el ramo de la imaginación.

—Pero ¿cuánta gente necesita marionetas? —le preguntó Fleur a nuestro padre. La verdad es que yo solía preguntarme lo mismo sobre la tienda de marionetas de nuestros padres.

—Cariño —contestó nuestro padre—, creo que la verdadera pregunta es quién no necesita una marioneta.

—Los floristas —respondió Fleur—. Los músicos, los chefs, los presentadores de informativos...

—Un momento —replicó padre—. Soy florista. Dicen que es bueno hablarles a las plantas para que crezcan, y ahora la marioneta y yo estamos de charleta y nuestras flores crecen sin parar. —Se volvió—. ¡Eh, mira! Soy un pianista con una marioneta en cada mano y ahora tengo cuatro brazos en vez de solo dos. Soy chef, pero en lugar de una manopla para horno tengo una de mentirijillas. Y fíjate, soy un presentador de informativos que antes daba las noticias solo y ahora tiene una marioneta para ponerles un poco de chispa.

—¡Ya, ya...! —exclamó Fleur—. Las personas que están solas y no tienen con quien hablar necesitan marionetas, pero por suerte Jacques y yo nos tenemos el uno al otro y nos vamos a jugar fuera.

Sonreí, me despedí de nuestro padre con la mano y me fui con Fleur. La campanilla sonó cuando dejamos la fría mirada de las marionetas y nos dio la luz del sol, que centelleaba por entre las nubes de la tarde.

4
EN SERIO. TODOS ODIAN A JACQUES PAPIER

El colegio. ¿Quién inventó ese lugar tan cruel? Tal vez sea la misma persona que une las distintas partes de los perros salchicha. El colegio es un magnífico ejemplo de un lugar donde todos (y me refiero a todos) me odian. Deja que te ponga unos ejemplos de esta misma semana:

El lunes nuestra clase jugó a *kickbol*.[1] Los capitanes eligieron a los jugadores de su equipo uno por uno. Cuando me tocaba a mí se largaron y empezaron a jugar. No es que me eligieran el último, es que no me eligieron.

El martes fui el único que se sabía la capital de Idaho. Tenía el brazo levantado, incluso lo moví como una marioneta de mano en alta mar, pero la profesora solo dijo: «No me lo puedo creer. ¿Nadie sabe la respuesta? ¿Nadie?»

El miércoles, a la hora de comer, por poco se me sentó encima un niño muy grandullón y tuve que darme

---

1. El *kickbol* o *futbeis* es un juego muy parecido al béisbol ya que se juega con cuatro bases en una cancha con forma de diamante. Con la diferencia de que la pelota se golpea con el pie. *(N. de la T.)*

prisa en levantarme de la silla para evitar una muerte segura.

El jueves estaba en la cola del autobús escolar y en el momento de subir el conductor me cerró la puerta. En mis propias narices. «¡Eh, OIGA!», grité, pero las palabras se perdieron en una nube de humo. Fleur hizo parar al conductor, se bajó y fue andando a casa conmigo.

Así las cosas, el viernes por la mañana les supliqué a mis padres que me dejaran saltarme el cole. Ni siquiera dijeron que no. Simplemente, dieron la callada por respuesta.

5
EL MAPA DE NOSOTROS

Que yo recuerde, Fleur y yo siempre habíamos estado haciendo El Mapa de Nosotros. Había lugares fáciles de dibujar: el estanque de ranas, el prado con las mejores luciérnagas y el tronco del árbol donde esculpimos nuestras iniciales.

Y también había rincones fijos en nuestro mundo, como la Cima de la Tienda de Marionetas, los Fiordos de François y la Cumbre de Mamá & Papá.

Pero, además, había otros sitios.

Los mejores sitios.

Los sitios que solo nosotros éramos capaces de encontrar.

Estaba el arroyo rebosante de las lágrimas que Fleur lloraba cuando algún niño del cole se burlaba de sus dientes. El lugar donde enterramos una cápsula del tiempo y el lugar donde desenterramos una cápsula del tiempo; y el lugar mucho mejor donde actualmente se halla la cápsula del tiempo (de momento). Estaba la galería de arte de tiza de la acera que habilitábamos cada verano. Y el árbol en el que batí el récord de escalada, y del que también me caí, pero no dijimos nada a mamá y papá. Estaba el sitio donde pasean y pastan los flamengansos, los osocarneros y los avestrupancés. Y el hueco en el roble donde guardaba la sonrisa de Fleur, la que lanza con los ojos en vez de la boca. Había escondites, hallazgos y pozos profundos repletos de secretos.

Sí, como todos los mejores amigos, había un mundo entero que solo ella y yo podíamos ver.

6
MAURICE EL MAGNÍFICO

A veces, los domingos, nuestra familia acudía al museo infantil local, donde no había más que un montón de pompas de jabón, rocas viejas y cosas para bebés por el estilo. Pero no íbamos por eso. Íbamos porque los domingos tenías palomitas gratis y podías «disfrutar» de la «magia» de Maurice el Magnífico.

Maurice era viejo. No viejo como un abuelo o incluso un bisabuelo. Me refiero a *viejo*. Viejo en el sentido de que las velas de su pastel de cumpleaños costaban más que el pastel. Viejo en el sentido de que sus recuerdos eran en blanco y negro.

¡Y sus trucos! Eran lo peor. Hacía uno en el que salía una paloma de un gramófono. ¡Un gramófono! Ese tipo por lo menos tenía mil años. Cada vez que íbamos a ver su espectáculo Fleur se pegaba a mí para que yo le susurrase mis agudos comentarios.

—Maurice es tan viejo —le susurraba— que sus notas escolares están escritas con jeroglíficos.

Fleur se tapaba la boca con las manos para que no se le escapara la risa.

—Es tan viejo —continuaba yo— que cuando nació el mar Muerto apenas empezaba a toser.

Por desgracia, ese domingo en concreto ninguno de los dos nos fijamos en que Maurice el Magnífico se había dado cuenta de que nos estábamos burlando de su espectáculo.

—Niñita —dijo Maurice, deteniéndose frente a nosotros con un conejo taciturno en las manos—, ¿a quién le susurras?

—Es mi hermano —respondió Fleur—. Se llama Jacques.

—¡Ah...! —repuso Maurice, asintiendo con la cabeza—. ¿Y qué es eso tan gracioso que te ha dicho Jacques?

Las mejillas de Fleur se encendieron, adquiriendo el tono rojizo de su pelo, y se mordió el labio, avergonzada.

—Bueno... —contestó Fleur—. Dice... que es usted un viejo. ¡Ah, y un farsante! Jacques dice que nada de esto es real.

—Ya veo —replicó Maurice—. Bueno, el mundo está lleno de incrédulos.

Maurice intentó hacer ondear su capa con gesto ceremonioso, pero se hizo daño en la espalda y se arrastró por el escenario valiéndose del bastón.

—Los incrédulos dirán que la magia es mentira, pero ¿sabéis qué? No hace falta que digáis nada para demostrarles que están equivocados. Solo necesitáis esto.

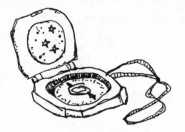

Maurice extrajo una brújula vieja y rota del bolsillo del chaleco. Parecía tan vieja como él y la flecha solo apuntaba en una dirección: directamente a la persona que sostenía la brújula.

—Sube, niñita. Serás mi ayudante.

Fleur se levantó y se reunió a regañadientes con Maurice en el escenario. A mí me remordió la culpa; ojalá no metiera a Fleur en una caja y la atravesara con espadas.

—Sujeta esto —dijo Maurice, dándole la brújula a Fleur—. Voy a hacer que desaparezcas —anunció.

Fue hasta un armario del tamaño de una persona, abrió la puerta y le hizo una seña a Fleur para que entrara. Ella entró y él cerró el armario.

—¡Alakazam! —exclamó Maurice. Yo no pude evitar poner los ojos en blanco.

Y entonces, para mi gran sorpresa, Maurice abrió el armario y ¡Fleur había desaparecido! Un murmullo de entusiasmo recorrió el público.

—Ahora, Fleur —dijo Maurice en voz alta—, si das tres golpecitos en la brújula, podrás volver.

Maurice cerró el armario, esperó a los tres golpecitos y al abrir la puerta: ¡TACHÁN! Ahí estaba Fleur.

Como es lógico, el público se puso como loco y el viejo Maurice hizo una reverencia (o no; era difícil saberlo de lo encorvado que estaba ya). Fleur quiso devolverle la brújula, pero Maurice se negó y cerró la mano de Fleur sobre esta.

—El mundo es un misterio con *M* mayúscula —dijo Maurice—. Lo imposible es posible. Y tú, Fleur, me da que eres la clase de niña que sabe que lo real solo depende del color del cristal con que se mira.

7
ESTUPEFACTO

Al día siguiente, estaba jugueteando con la brújula del espectáculo de magia para intentar hacer desaparecer a *François*, el perro salchicha, cuando oí que mis padres entraban en su cuarto. En casa de los Papier las paredes son delgadas como el papel, razón por la que oí de refilón la conversación que cambió el rumbo de mi vida.

—¿Crees que se puede tener *demasiada* imaginación? —oí preguntar a mi madre.

—Tal vez —respondió mi padre—. A lo mejor ha sido un error criarla rodeada de tantas marionetas. A lo mejor todos esos ojos saltones y bocas móviles la han confundido.

Oí suspirar a mi madre.

—Tampoco deberíamos haberle seguido el juego durante tanto tiempo. Una cosa es lo de las literas y otra poner un plato más en la mesa, otro cepillo de dientes y comprar el doble de libros para el colegio. Supongo que pensé que a Fleur se le pasaría esto del amigo imaginario.

Me quedé patidifuso.

Me quedé anonadado.

Me quedé estupefacto.

Mi hermana, mi compinche, tenía un amigo imaginario del que nunca me había hablado.

8

QUE NOS CONOZCAN

¡Oh, Fleur!

Lo compartíamos todo: bocatas, baños, *banana splits*...; y no sigo con las siguientes de letras del abecedario. Un día hasta compartimos (agárrate) un trozo de chicle. Ella estaba mascando chicle y lo partió por la mitad como el rey Salomón de las golosinas. Puede que fuese asqueroso. Puede que fuese amor. Y puede que fuese una pegajosa mezcla de ambas cosas.

¿Y ahora un secreto tan monumental como un amigo imaginario?

Estábamos tan unidos que Fleur podía leerme la mente. Sabía en qué estaba pensando antes que yo.

—¿Qué queréis desayunar? —preguntaba siempre nuestra madre.

Y Fleur contestaba:

—Jacques quiere una crepe en forma de Sinfonía número cuarenta de Mozart. ¡En sol menor!

Lo más curioso era que yo quería eso, *en serio*.

Y es que, en realidad, eso es lo que todos queremos,

que nos conozcan así, que nos vean. No hablo del pelo o la ropa, hablo de que nos vean como realmente somos. Todos queremos encontrar a esa persona que conozca nuestro auténtico yo, todas nuestras manías, y aun así nos entienda. ¿Alguna vez te ha visto alguien? ¿Alguien ha visto de verdad esa parte íntima que parece invisible al resto del mundo?

Espero que sí.

A mí sí me han visto.

Yo siempre he tenido a Fleur.

9
R DE RIDÍCULO

A la mañana siguiente me desperté ligeramente menos deprimido. Mi rabia y confusión habían sido reemplazadas por un plan: «A ese juego pueden jugar dos».

No estoy hablando del ¡Ve a pescar! o el Trivial Pursuit, aunque soy un hacha en ambos. Hablo del juego del amigo imaginario al que estaba jugando Fleur. Hablo de mi brillante idea de tener un amigo imaginario *para mí solo*.

Para ser sincero, no sabía gran cosa del tema, porque está claro que tengo un perfil intelectual, me interesan más las biografías desplegables de vicepresidentes y los libros para colorear de física de partículas; de modo que me fui a la biblioteca para hacer mis indagaciones.

—Perdone —le dije a la bibliotecaria—. ¿Tiene algún libro sobre los amigos imaginarios? ¿Cree que estará por la *A* o la *I*? ¡A lo mejor por la *R* de ridículo...! ¿Tengo razón, sí o sí?

Alcé la mano para chocar esos cinco, pero la bibliotecaria continuó apilando sus libros, ignorándome por completo. Sabía de qué iba aquello.

—Mire —expliqué—, mi perro *François* es un monstruo. Se ha *comido* el resto de libros que me llevé. Y sigo totalmente convencido de que habría que cobrarle a él los retrasos, no a mí.

La bibliotecaria bostezó y se recolocó las gafas.

—¿Sabe qué le digo? Que da *igual* —añadí exasperado—. Seguiré el sistema de clasificación de toda la vida y lo averiguaré por mí mismo.

Busqué y rebusqué, y en un estante polvoriento, entre un libro sobre unicornios y una guía del Polo Norte, acabé encontrando algo acerca de los amigos imaginarios.

Amigo imaginario

nombre

: una persona que te cae bien y con la que te gusta estar, pero que no es real

: una persona que ayuda o apoya a alguien que solo existe en la mente o la imaginación

Sinónimos

Amigo ilusorio, compañero fantástico, compi ficticio, compadre inventado, presunto confidente, amigote imaginario, conocido falso, amigo íntimo irreal, colega teórico, mosquetero imaginado

Antónimos

Enemigo existente, rival real

Hábitat de los amigos imaginarios

Se hallan en los árboles. A veces también en antiguas y silenciosas salas de cine, zoológicos costeros, tiendas de magia, sombrererías, tiendas de viajes en el tiempo, jardines artísticos, botas de vaquero, torreones de castillo, museos de cometas, perreras, estanques de sirenas, guaridas de dragón, estanterías de biblioteca (las del fondo), montañas de hojas, montones de crepes, el interior de un violín, la corola de una flor o en compañía de pilas de máquinas de escribir.

Pero principalmente en los árboles.

Patrones migratorios

En ocasiones, los amigos imaginarios tendrán que recorrer, viajar o cubrir grandes distancias para dar con alguien que los vea. Cuando lo encuentran, suelen quedarse largas temporadas.

Alimentación

Helados flotantes con cerveza de raíz[2] y quesos a la parrilla lunar.

Pero su comida favorita es el polvo de estrellas.

Actividades habituales de los amigos imaginarios

Los amigos imaginarios pasan la mayor parte del tiempo agachados, contemplando la hierba. Más cer-

2. Bebida de vainilla, corteza de cerezo, raíz de regaliz, nuez moscada anís y melaza. *(N. de la T.)*

ca, más, un poco más. Ahí. ¿Lo ves? Se pasan la vida analizando los recovecos de las cosas; sea lo que sea. Siempre se levantan muy temprano o muy tarde, montan a lomos de las ballenas que reparten el correo; se despiertan envueltos en un lenguaje secreto de zumbidos; escriben sobre los pasatiempos de las plumas; cambian de forma como las nubes; aúllan a la luna; son lamparillas radiactivas en la oscuridad; son un bote salvavidas en el océano de una sopa de pasta de letras; son magnánimos; son altruistas; creen en los cuentos chinos, las varitas mágicas y los cachivaches. Creen. Creen en sí mismos. Creen en ti.

10
MI (NUEVO) MEJOR AMIGO Y YO

¡Aquel libro de los amigos imaginarios era una sarta de estupideces!

Sin embargo, me dio unas cuantas ideas para por lo menos fingir que tenía un amigo imaginario propio.

A fin de no hacer demasiado el ridículo, solo pasaba tiempo con mi nuevo «amigo» en privado, aunque en todo momento me aseguraba de que Fleur estuviese observando. Primero, cogí una cuerda de saltar y empecé a agitarla con fuerza en el aire como si mi «amigo» estuviese sujetando el otro extremo. No sirvió de nada. Luego mi «amigo» y yo preparamos un batido de leche con dos pajitas. Echamos unas risas, ya lo creo que sí, aunque acabé bebiéndome yo casi todo el batido. Resulta que a mi nuevo mejor amigo no le gusta el chocolate. Jugamos a juegos de mesa (gané todas las partidas), nos montamos en el subibaja (que no sube mucho y baja aún menos) y hasta jugamos una emocionante ronda de tirar y atrapar la pelota (aunque básicamente tiré yo). Tal vez los amigos imaginarios carezcan de habilidades atléticas. Tendría que volver a la biblioteca para cerciorarme.

De todos modos, al final funcionó porque llamé la atención de Fleur, que me preguntó qué diantres estaba haciendo.

—Dedicar tiempo a estrechar lazos con mi nuevo amigo imaginario. Mi mejor amigo imaginario —respondí.

—Ya veo —dijo Fleur—. Oye, ¿cómo es este amigo?

—¿Cómo es? —contesté, tragando saliva.

—Sí, no sé... —insistió Fleur—. ¿Cómo es? ¿Qué le gusta hacer? ¿Cuál es su color favorito, y su canción, sus aficiones, sus deseos y sus sueños...?

—Vale, vale. —Asentí—. A ver..., mmm..., mi amigo tiene el pelo castaño-rojizo-ni-claro-ni-oscuro. A veces lleva camisa. Y le gustan muchos tipos de... comida.

—Jacques, ¿te lo estás inventando? —preguntó Fleur.

—¡No, qué va! —exclamé—. Es un amigo imaginario real. Incluso tengo un dibujo de él por alguna parte. Voy a buscarlo y, si quieres, seguimos hablando de esto.

Salí corriendo de la habitación, entré en el cuarto que compartía con Fleur y cerré con pestillo. Había ganado un poco de tiempo. Me senté frente a mi mesa para ponerme manos a la obra. Procuré pensar. Lo seguí intentando. ¡Vamos a ver! ¿Quién era mi amigo imaginario? Pero no se me ocurría nada de nada. Tenía la mente en blanco. Comprendí que era como intentar recordar los detalles de una persona a la que nunca había llegado a conocer.

11
UNA BREVE LISTA DE MEJORES AMIGOS POTENCIALES

Y entonces se me encendió la bombilla. Me lo había inventado todo, así que podía inventarme cualquier detalle que quisiera sobre este amigo imaginario *imaginario*. Si es que era un genio, yo. El plan, infalible. Empecé a elaborar una lista de candidatos potenciales:

Mi amigo imaginario es un próspero contable que está pensando en abrir su propio despacho.

(Perdón. Puedo hacerlo mejor.)

Mi amigo imaginario tiene una flor por corazón. Las abejas se pasan el día entero zumbando alrededor de su cabeza y suele ir por ahí con la boca abierta orientada hacia el sol o la lluvia, convencido de que será bueno para su corazón.

Mi amigo imaginario es un gigante. Hace malabarismos con la Tierra, entre otros planetas, y eso es lo que hace que giren. La Tierra no suele caérsele, pero, cuando se le cae, se desprenden del globo tazas de té de cerámica de Inglaterra o a los leopardos de África se les caen las manchas.

El padre de mi amigo imaginario era un pez enorme que vivía en el mar, y su madre era una sirena de escamas de color verde.

Mi amigo imaginario parece una patata y tiene personalidad de patata.

12
EL GRAN ARENQUE DRAGÓN

Cuando por fin decidí los detalles de mi amigo imaginario, me fui al encuentro de Fleur.

—¡Mira!

Le mostré el dibujo sumamente realista que había hecho yo solito.

—Te presento... ¡a Gran Arenque Dragón!

—¡Guau! —exclamó Fleur—. Es increíble.

—Lo sé —manifesté ufano.

—Vale... ¿qué es?

—Un gran arenque dragón, naturalmente —contesté.

—Eso lo he pillado. Es mitad dragón... —dijo Fleur.

—Y mitad pez —repliqué, acabando su pensamiento.

—¿Qué come? —preguntó Fleur.

—Toma helados flotantes con cerveza de raíz y nube y quesos a la parrilla lunar, y su comida favorita es el polvo de estrellas —respondí.

—Pues papá ha dicho que hay pastel de carne para cenar —comentó Fleur.

Me volví e hice como que susurraba y me enfrascaba en una conversación con un dragón que en realidad no estaba ahí.

—No pasa nada —dije al fin—. Comerá pastel de carne.

Fuimos hasta la cocina, donde nuestros padres estaban preparando la cena. Había cuatro sitios en la mesa, como siempre.

—Tenemos que poner un quinto plato en la mesa —anunció Fleur.

—¿Para quién? —inquirió nuestra madre.

—Jacques tiene un nuevo amigo imaginario —contestó Fleur—. Es medio dragón, medio pez, pero quiere probar vuestro pastel de carne.

—¡Qué honor! —exclamó nuestra madre. Percibí un asomo de sarcasmo en su voz.

Nuestro padre dejó de remover el contenido de la cacerola que había al fuego. Nuestra madre se sentó, cerró los ojos y se frotó la sien como si tuviese otra de sus migrañas.

—O sea, que ahora Jacques tiene su propio amigo imaginario. —preguntó nuestra madre—. ¿No te parece un poco... exagerado?

—Pues no —contestó Fleur mientras iba a por un plato y un tenedor más—. ¿No decís siempre que desarrollemos la imaginación?

Al oír aquello nuestra madre apuntó a nuestro padre con un dedo reprobador. De hecho, era él quien decía siempre paparruchadas por el estilo.

Así pues, derrotados por la lógica de Fleur, nuestros padres tuvieron que apretarse alrededor de la mesa con Fleur, un imaginario arenque dragón gigante y un servidor. Reconozco que un poco apretujados sí que estábamos.

Después de cenar fuimos al cine y Fleur se empeñó en que mis padres le comprasen una entrada a mi amigo imaginario. Entonces papá cayó en la cuenta de que ya había visto la película, así que compraron cucuruchos de helado... para toda la familia, Arenque Dragón incluido, a quien resultó que le gustaba el helado de chocolate y almendras. Y, ya de madrugada, cuando Fleur tuvo una pesadilla, todos nos cobijamos en la cama de nuestros padres. Sin embargo, Arenque Dragón ocupaba demasiado espacio y empujó y tiró al suelo a nuestro padre, que es cuando se puso a pegar gritos.

—¡SE ACABÓ! ¡Estoy harto! ¡Esto es... el colmo..., el *colmo de la imaginación!* —chilló. Iba en bata, el pelo levantado como un loco—. Esto ha ido demasiado lejos—continuó—.Una niña que tiene un amigo imaginario es una cosa, y un amigo imaginario que tiene *su propio amigo imaginario* otra. No, no, de ninguna de las maneras. ¡Es como una *matrioska* de la imaginación! ¡Es como un cuadro de un cuadro! Es como si el viento pilla un resfriado por culpa del viento o una ola se da un chapuzón en el mar. Es como leer una novela que se limita a describir otra novela. Es como si la música zapateara al compás de una melodía diciendo: «¡Oh, me encanta esta canción!»

Por lo visto habíamos acabado por sacar de quicio a nuestro padre.

Pero no podía concentrarme en eso; solo era capaz de pensar en lo primero que había dicho mi padre.

«Un amigo imaginario que tiene su propio amigo imaginario.»

No tenía ni idea de lo que había querido decir con eso, pero yo estaba empezando a notar una desagradable sensación en la boca del estómago.

13
LA VAQUERA DE LOS PATINES
DE RUEDAS

El sol se estaba poniendo mientras yo sorbía las últimas gotas de mi brik de zumo. Me lo acabé, estrujé el envase de cartón y lo tiré con los demás en el montón de detrás de los columpios.

Seguí sentado sin columpiarme. Tenía la cabeza gacha y espesa por la preocupación y el azúcar, como la de un vaquero tras una larga noche cabalgando por la pradera.

—¿Cuántos de esos te has tomado, socio?

Alcé la mirada y vi a una niña de mi edad vestida de vaquera. En lugar de botas llevaba patines de ruedas con espuelas.

—¿Y a ti qué te importa? —gruñí.

—¿Está ocupado este sitio? —preguntó, señalando el otro columpio—. ¿Te gustaría hablar de lo que sea que te deprime, vaquero?

—No —contesté—. No quiero hablar para nada de mi hermana. No quiero hablar del amigo imaginario que tiene y que ni siquiera me ha dicho que existía. Y está claro que no quiero comentar que lo más probable es que se hayan ido a merendar o a hacerse tatuajes a juego mientras tú y yo charlamos

—Ya...—dijo la vaquera de los patines—. Problemas imaginarios. Son los peores

—Y que lo digas —repuse, clavando una pajita de plástico en la abertura de otro brik de zumo—. Adelante. Ríete de mi dolor.

—Pero ¿qué dices? —replicó la niña—. ¿Ves a esa chica de allí? ¿La que lleva sombrero de vaquera y está dando vueltas en el tiovivo?

Miré hacia donde estaba la chica. El tiovivo perdió velocidad hasta detenerse, el engranaje entrechocando como las últimas notas de una caja de música.

—Pues la cuestión es... La verdad de la historia, para que lo sepas, es que...

Y entonces pronunció las palabras que lo cambiaron todo, que se grabaron en mi corazón como figuras talladas en el tronco de un árbol:

—Soy su amiga imaginaria.

14
AULLAR, GRILLAR, CANTAR

Las palabras de la vaquera brincaron alrededor de mi cabeza, saltando como los grillos de un campo cuando una persona se acerca demasiado.

—¿Eres *imaginaria*? —pregunté.

—Sí, claro que sí —contestó la niña.

—Tonterías... —repuse.

—Pues no te lo creas. Me tiene sin cuidado —dijo la niña.

Fruncí el ceño.

—Está bien. Supongamos que por un momento te creo. Eres una vaquera imaginaria en patines de ruedas. La pregunta sigue siendo: ¿por qué narices puedo verte?

La niña rodó unos instantes los patines hacia delante y hacia atrás debajo del columpio, sumida en sus pensamientos. Las hojas de los árboles nos salpicaron de luz y sombra.

—A ver cómo te lo digo con delicadeza... —respondió—. Antes has oído a unos perros aullar, ¿verdad? Y a los grillos, grillar; y a los pájaros, cantar ¿no?

—Por supuesto

—Verás, tú y yo no tenemos ni idea de lo que los grillos, los perros o los pájaros se dicen unos a otros. Sin embargo, dos pajaritos podrían pasarse el día entero cantando a dúo y dos grillos son capaces de entender los chirridos mutuos, ¿por qué?

—Porque son iguales —respondí.

—¡Iguales! Exacto.

Clavé los ojos en la chica de los patines. Sacudí la cabeza.

—¡Ahí va! —Suspiró—. Realmente no lo sabes, ¿verdad?

—¿El *qué*? —pregunté—. ¿Qué estás zumbada? Sí lo sé, sí.

—Deja que te haga una pregunta —propuso la vaquera—: ¿En el cole te toca el pupitre que está vacío? ¿Tienes que esquivar coches y bicis? ¿Alguna vez te ha hablado alguien, aparte de tu hermana? ¿A veces tienes la sensación, no sé, de que eres *invisible*?

—Todo el mundo se siente así a veces —contesté con un hilo de voz—, ¿verdad?...

Tras lo cual me levanté de mi columpio y me fui corriendo del parque.

15
POLVO DANZARÍN

Pasé el día siguiente compungido en mi litera superior. Eché un vistazo a la habitación. El sol despuntaba y entraban columnas de luz a raudales. Los rayos, rebosantes de polvo danzarín, unían las dos ventanas al suelo. Por alguna razón, se me ocurrió que quizá fuesen esas las cosas reales que impedían que nuestra casa se viniese abajo. No las vigas ni los clavos, sino algo más. Algo que no podía verse con los ojos, pero estaba ahí subyaciendo a todo.

Me quedé ahí pensando hasta que el día dio paso a la noche. Contemplé por la ventana el cielo azul oscuro y los puntos luminosos de las estrellas. Me quedé ahí hasta que Fleur se acostó en su litera de abajo.

—Fleur, ¿de qué crees que están hechas las estrellas?

—Ni idea —contestó, dormitando.

Tal vez estemos hechos de los mismos elementos que las estrellas y estas estén hechas de los mismos elementos que nosotros. De todas las cosas perdidas y todas las cosas que no tienen dueño.

Nuestra madre vino a arroparnos. Encendió la lamparilla de noche y se acercó a las literas.

—Buenas noches —dijo mientras le retiraba a Fleur el pelo de la cara—. Que duermas bien y sueñes con los angelitos

—Ahora díselo a Jacques —pidió Fleur.

—Buenas noches, Jacques. Que duermas bien.

—Y lo de los angelitos —protestó Fleur.

—Vale... —Nuestra madre sonrió—. A ver, angelitos. Dejad que Jacques sueñe con vosotros.

A continuación arrebujó a Fleur hasta la barbilla, remetió las sábanas y le besó en la frente.

—Te quiero, Fleur.

Fleur cerró los ojos.

—Ahora díselo a Jacques.

—Te quiero, Jacques —dijo, luego se incorporó y al salir un estrecho marco de luz resplandeció alrededor de la puerta cerrada.

16
TODOS (SIGUEN) ODIANDO
A JACQUES PAPIER

Decidí hacer un experimento.

El lunes me situé en el centro del campo de *kickbol* durante un partido, entre el aroma de la alta hierba y el sabor a mosquito. Me puse a cantar (no bromeo) ciento setenta y cuatro veces *Un elefante se balanceaba sobre la tela de una araña*... Nadie se dio cuenta. Ni siquiera los mosquitos.

El martes me puse a bailar claqué encima de la mesa de mi profesora en clase de geografía. Ella siguió ilustrándonos sobre los fiordos. ¡Los fiordos!

El miércoles me aposté con los que estaban en el comedor a que era capaz de zamparme una bandeja entera de copas de crema de caramelo para comer.

—¡Eh! —exclamé—. Apuesto a que me como más cremas de caramelo que nadie. —Nadie recogió el guante. Gané porque no se presentó ningún rival.

El jueves me quedé fuera del comedor observando a mi familia mientras cenaba. Papá me puso un plato de pechugas de pollo al horno. Dijo (dirigiéndose a Fleur, me imagino): «Venga, Jacques, cómetelo. Es tu plato favorito».

—Jacques no está aquí —dijo Fleur.

—¡Claro que sí! —exclamó nuestra madre, haciendo un chasquido con la lengua—. Está ahí sentado, como siempre, ¿no?

De modo que el viernes acabé con laringitis producida-por-el-elefante-que-se-balanceaba, picaduras de insectos, dolor de estómago y una plétora de información inútil sobre los fiordos. Empecé incluso a preguntarme si las pechugas de pollo al horno me gustaban. ¿*Me* gustaban?

Fue entonces cuando a mí, Jacques Papier, normalmente tranquilo, sereno y autosuficiente, empezó oficialmente a entrarme el pánico.

NOTA DE LA AUTORA:

A la luz de los últimos acontecimientos, he decidido cambiar provisionalmente el título del presente capítulo. Aquí está la corrección.

Gracias por vuestra comprensión.

~~16~~

~~TODOS (SIGUEN) ODIANDO A JACQUES PAPIER~~

16

TAL VEZ NADIE ODIE A JACQUES PAPIER
(PORQUE QUIZÁ NADIE SEPA QUE EXISTE)

17
LA MAREA ESTÁ SUBIENDO

—Veo que has vuelto. —Era la vaquera de los patines. Se sentó otra vez a mi lado en los columpios del parque.

—No me apetece hablar contigo. De no ser por ti —le expliqué— habría seguido en la inopia tan campante. Ahora dudo de todo. ¡No distingo entre arriba y abajo! ¡Mi vida es más deprimente que la de un perro salchicha!

Sabía que estaba dramatizando un poco, pero era un gustazo tener a alguien a quien culpar.

—Entonces ¿lo has entendido ya? —preguntó la vaquera—. ¿Entiendes lo que eres?

—Pero es que tengo una cama —protesté—. Tengo un sitio en la mesa. Tengo un asiento en el coche.

La niña se limitó a asentir, dejando que mis pensamientos salieran a borbotones como las luciérnagas de un tarro, emitiendo luz y brillando como locas.

—En la nevera hay dibujos hechos por mí, aunque supongo que Fleur siempre ha tenido mucho que ver en eso. ¡Espera! ¡Ya está! Cada año hay una fiesta por mi cumpleaños; claro que somos gemelos y la fiesta también es de Fleur. Y siempre compartimos el pastel...

En ese momento hundí la cabeza entre las piernas.

—¡Me va a dar un ataque al corazón! —exclamé entre jadeos—. ¡Llama al hospital! ¡Llama a la policía! ¡Busca un desfibrilador!

—No pierdas los estribos —dijo la vaquera procurando tranquilizarme. Me frotó la espalda—. Respira... En realidad no está tan mal, ¿sabes?

—¿Que no está tan mal? —repliqué, levantando el rostro, encendido, hacia el suyo—. Ayer creía que era un *niño*. ¿Y qué soy ahora? ¿Etéreo? ¿Intangible? *¿Invisible?*

—Lo cierto es —contestó ella— que, imaginario o no, solo eres tan invisible como te sientas.

—Pues bien —dije con un hilo de voz—, me siento como el aire. Me siento como el viento. Me siento como si fuese de arena y la marea estuviera subiendo.

18

CUANDO YO, JACQUES PAPIER, SUFRO UNA CRISIS EXISTENCIAL

Me puse muy triste.

De acuerdo, seré sincero, me he quedado corto. Me puse más que triste. Me sumí en la pena, el desconsuelo y la desdicha. Me oscurecí tanto que mis entrañas seguramente adquirieron el color del espacio sideral, los restos de una hoguera o la negrura de la nariz de un dragón en una mazmorra.

Me metí en la cama. No me moví. No me bañé. Ni siquiera me molesté en comer, beber ni unirme a la familia en la noche de origami. ¿Para qué? Las personas imaginarias solo pueden doblar cisnes de papel imaginarios.

Como es lógico, Fleur estaba preocupada.

—No me importa lo que piensen los demás —dijo—. Para mí eres real.

—Vale, muy bien —repuse—. Pero ¿de qué estoy hecho, Fleur? De nada que puedas tocar. De nada que puedas ver.

—Hay muchas cosas reales que no pueden tocarse ni verse —insistió Fleur—. La música, los deseos, la gravedad… ¡La electricidad, por ejemplo! Y los sentimientos. Y el silencio.

—¡Ohhh! —exclamé—. Maravilloso. ¡Qué alegría! Todo arreglado. O sea, que tú estás hecha de la misma materia que las flores, la luna y los dinosaurios, ¿y yo soy como la *gravedad*? Perfecto. Fabuloso. Me he preocupado por nada…

Fleur me miró fijamente, mordiéndose el labio inferior como hacía cuando estaba asustada, confundida o a punto de llorar.

—Tenemos que hacer algo para animarte hoy —comentó en voz baja—. ¿Por qué no nos ponemos con tu lista de cosas que hacer antes de morir?

Fue hasta la mesa, abrió un cajón y sacó mi lista.

—Por ejemplo, esta —dijo, señalando el papel—. Podríamos meter un escorpión ninja entrenado dentro del cuenco de comida de *François*.

Solté un gemido y me tapé la cabeza con la manta a modo de respuesta.

—O —siguió leyendo ella—

podríamos subir la caseta de *François* a un árbol mientras duerme para ver su cara de desconcierto cuando se despierte. El número tres parece divertido: podríamos vestir de bebé a *François* y dejarlo en las escaleras de un orfanato. Aunque no tengo muy claro dónde encontrar ropa de bebé lo bastante larga...

—¡Fleur! —chillé—. Déjalo ya, ¿quieres? Nada podrá ayudarme. Te diría que tengo el corazón roto, y que es irreparable, pero no puedo.

—¿Por qué no? —inquirió Fleur.

—Porque ni siquiera sé si las cosas imaginarias tienen corazón.

19
LAS OLLAS, LAS SARTENES
Y NUESTRAS ESTÚPIDAS VIDAS

Intenté visualizar cómo se rompería mi corazón imaginario, de tenerlo realmente. ¿Se parecería a un agujerito en una bola de nieve de cristal o a un globo reventado? ¿A una cinta de meta al día siguiente de una carrera o a las manecillas de un reloj roto que ya no puede dar la hora? ¿A la cuerda partida de un banjo o a una llave que se rompe en una cerradura?

Para huir de mis propios pensamientos, espié a Fleur y nuestros padres en la cocina. Por lo visto, Fleur también se traía entre manos asuntos inquietantes. Tenía la voz rara, como si fuese una acróbata haciendo equilibrios con las palabras sobre la nariz y le preocupara que en cualquier momento se estrellaran contra el suelo y se hiciesen pedazos.

—Si Jacques es imaginario —decía Fleur—, pero no lo ha sabido hasta ahora, a lo mejor es que yo también soy imaginaria. O tú, mama. O papá. O todos nosotros. Las ollas, las sartenes, el techo, el cielo, el clima, la hierba ¡y nuestras estúpidas vidas!

Fleur señaló a *François*, el perro salchicha.

—¿Ese perro es un perro imaginario?

Se puso a cuatro patas y pegó la nariz al hocico del can.

—¿Eres real? —le gritó Fleur a *François*—. Dime, ¿lo *eres*? ¡Contesta!

Fleur se estaba poniendo de los nervios. Por una tontería, además. No sé, ¿quién iba a imaginarse en su sano juicio algo tan desagradable como un perro salchicha?

Aquella noche nuestros padres nos llevaron a un divertido musical que pensaron que igual nos animaría. Pero entonces, justo en medio de un número de cancán más bien absurdo en el que actuaban animales exóticos, Fleur se levantó de su asiento, se fue pasillo abajo y se subió al escenario.

—¿Esa es nuestra hija? —comentó nuestra madre con la voz entrecortada—. ¿Qué demonios está haciendo?

—¡Y yo qué sé! —susurró nuestro padre.

Fleur se plantó como un árbol en el centro del escenario, las piernas separadas, los brazos cruzados. Afortunadamente, los actores que hacían de hipopótamos, monos y caimanes eran auténticos profesionales y sabían que el espectáculo debía continuar; de modo que ignoraron a Fleur y simplemente bailaron a su alrededor.

—¿Lo habéis visto? —preguntó Fleur en el coche de regreso a casa—. Soy imaginaria. Me he subido al escenario y ni siquiera me han visto.

Nuestra madre se tomó dos pastillas para el dolor de cabeza.

—Ya está bien, Fleur —dijo con severidad.

Fleur paró, pero al día siguiente nuestro padre tuvo que salir del trabajo para atender una llamada de la policía. Mientras yo observaba a los camaleones camuflados en la caseta de los reptiles, Fleur se había metido en el foso del gorila en la otra punta del zoo.

—¿La ha atacado? —preguntaron nuestros aterrados padres al llegar a las oficinas del zoo. Encontraron a Fleur allí, envuelta en una manta y bebiendo a sorbos un chocolate caliente.

—¿Que si me ha atacado? —gritó Fleur—. El gorila ni siquiera me ha visto, porque soy invisible, está claro. —Salió con decisión del despacho y fue hacia el coche.

—Es una niña con suerte —comentó el vigilante del zoo, mientras sacudía la cabeza y entregaba a mis padres unos papeles para firmar—. Se ha metido en la jaula de *Penélope*, la gorila ciega y sorda.

20
LA SIRENA Y EL CABALLO

—¿Qué hacen estas marionetas en casa? —preguntó Fleur—. ¿No deberían estar en la tienda?

—Bueno —dijo nuestro padre, con los brazos cargados de muñecos e hilos—, en nuestro libro para padres pone que usar juguetes para hablar entre nosotros a veces ayuda.

—¿Hablar de qué? —inquirió Fleur.

—¡Ah, de lo que sea! —contestó nuestro padre—. Del cole, las aficiones, el miedo obsesivo e irracional de que tus seres queridos o tú misma seas imaginaria..., y cosas por el estilo.

Nuestra madre puso los ojos en blanco. Saltaba a la vista que aquello había sido idea de nuestro padre. Vimos cómo introducía la mano en un caballo de trapo y le daba a Fleur una marioneta vestida de sirena.

—Hola —saludó nuestro padre con su mejor voz equina—. ¿Qué tal? ¿Cómo estás hoy?

Fleur introdujo a regañadientes la mano en la sirena.

—Bien. Hoy he estado nadando dentro de un barco naufragado donde he conocido a un pez que vive en una tetera. Le he pedido un deseo a una estrella de mar y he usado tinta de calamar para escribir una carta.

—No, no... —dijo nuestro padre, recuperando su voz de padre—. No tienes que *hacer* de sirena. Tú eres tú, Fleur. La marioneta solo es para..., mmm..., espera.

Nuestro padre se sacó el caballo de trapo y empezó a hojear su libro para padres, hablando entre dientes y leyendo por encima páginas manoseadas.

—¡Oh, por el amor de Dios! —exclamó nuestra madre.

Se arrodilló y miró a Fleur a los ojos.

—Mi amor, te hemos pedido hora con un psiquiatra. Ni reconocimientos médicos, ni inyecciones ni nada de eso. Solo hablaréis, y además nosotros estaremos ahí.

Fleur analizó la situación.

—¿Podrá venir Jacques?

—¡Claro! Seguro que al terapeuta le gustará conocerlo —refunfuñó nuestra madre.

—¿Y Jacques podrá llevar a Gran Arenque Dragón, su amigo imaginario? —preguntó Fleur.

Nuestra madre cerró los ojos.

—Por supuesto. Sí, cómo no... Me voy a acostar.

—Genial —dijo Fleur—. Pero que conste que todo esto me parece una pérdida de tiempo, porque ya hay pruebas bastante convincentes de que *soy* imaginaria. Seguro que si...

Fleur usó la sirena de su mano para coger una sartén.

—... que si esta sirena me diera en la cabeza con esta sartén —continuó—, yo ni lo notaría. ¿Preparados?

Mi padre estaba absorto en su libro sobre paternidad y nuestra madre tenía los ojos cerrados.

—A la una —dijo Fleur—, a las dos..., y a las tres...

21
MÍSTER LASTIMOSO

Y así es como acabamos en urgencias, tras lo cual al día siguiente acudimos en familia (un servidor incluido) a la consulta de un psiquiatra.

El doctor Stéphane estaba especializado en niños y, por lo visto, especialmente especializado en niños con amigos imaginarios. Tomé nota mentalmente para pedir sus credenciales, pero no tuve ocasión porque, cuando llamaron a Fleur, el médico tuvo la cara de pedirme que me quedara fuera, en la sala de espera.

Entonces, un superhéroe con gafas y brazos de espagueti se me quedó mirando.

—¿Es la primera vez? —preguntó. Estaba sentado al lado de un niño pequeño y nervioso que se agarraba a la capa del héroe como a un peluche mantita—. Soy Míster Lastimoso, mediocre, no-lo-bastante-súper-para-ser-un-héroe superhéroe. Soy el amigo imaginario de Arnold, mi colega.

Míster Lastimoso señaló al niño que tenía al lado. Este, a su vez, masculló algo ininteligible.

—Arnold tiene curiosidad por saber —comentó Míster Lastimoso— por qué está aquí tu niña.

—En realidad es mi hermana —contesté—. Y estamos aquí porque ella cree que también es imaginaria. —Hice un alto y me apresuré a añadir—: Además, recientemente subió al escenario durante la representación de un musical; además, se ha metido en la jaula de un gorila y se ha golpeado en la cabeza con una sartén.

—Ajá... —repuso Míster Lastimoso con conocimiento de causa—. Nosotros empezamos a venir cuando Arnold intentó echarse a volar conmigo desde el tejado del garaje, porque creía que no era lo bastante valiente. Como dice el doctor Stéphane, que es genial: «Los problemas

imaginarios a veces pueden ser más difíciles de sobrellevar que los reales.»

Eché un vistazo al resto de amigos imaginarios de la sala de espera. Eran los primeros que veía aparte de la vaquera de los patines de ruedas.

Había una criatura grande, informe y peluda leyendo una revista con una niña pequeña, un ninja en el rincón practicando movimientos con un niño, y había un amigo imaginario (al menos yo estaba convencido de ello) en forma de calcetín rojo. Estaba sentado lejos de todos los demás junto a un niño mugriento y unos padres muy pulcros con cara de preocupación.

—¡Pssst! —llamé al calcetín, que olía a gato viejo y pie de ogro; a moco de babosa y aliento de pez de agua dulce—. ¿Eres... un calcetín imaginario? —inquirí.

—No, chaval —contestó el calcetín, poniendo los ojos en blanco—. Soy un sándwich de albóndigas.

—¿Por qué has venido? —pregunté.

El calcetín apestoso parecía sorprendido.

—¿En serio quieres oír mi historia?

—Sí, claro.

Así pues, desde ese maloliente asiento, el calcetín apestoso me contó su breve pero hedionda historia.

22
LA BREVE PERO HEDIONDA HISTORIA DEL CALCETÍN APESTOSO

—Soy el amigo imaginario —dijo el calcetín con orgullo— del niño campeón mundial de las asquerosidades, que, por desgracia, es hijo de los padres más pulcros del mundo.

»No te imaginas lo que es eso. Su madre no es que quite las pelusas: las *caza*, las *mata*. Y su padre... solo deja que se sirva comida que pegue con la vestimenta familiar. Verde los lunes. Rojo los miércoles. Y, lo que menos triunfa de todo, marrón feo los domingos. La única música permitida son las marchas; nada de mover el esqueleto al rimo de canciones originales ni explosivos solos sorpresa de batería. El niño, mi amigo, la lía una detrás de otra y no paran de gritarle. A veces pienso que por eso nos llevamos tan bien.

»Fue conocernos —continuó el calcetín— y ya no hubo quien nos parara.

»Hacíamos unas asquerosidades repugnantes, apestosas y llenas de porquería como no te puedes imaginar. Asquerosidades debajo de la mesa de comedor, escondidas en la ropa limpia; hasta en el bolso de su madre. «¿A qué *huele*?», preguntaban sus padres una y otra vez. «Huele a eructo de ballena y migas de bigote. A viejos sueños y a guiso mohoso de leche. Huele a... ¡*calcetín sucio!*» Y el niño y yo nos reíamos sin parar. Porque puede que yo sea invisible, pero las asquerosidades que hacíamos podía percibirlas

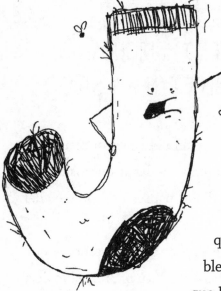

cualquier nariz, claro.

»Al final, por desgracia, fueron nuestros apestosos tejemanejes los que me separaron del niño. Sus padres, con lo pulcros que eran, no podían vivir en una casa con semejantes olores, así que cogieron sus bártulos, y a su hijo, y se fueron en coche a tal velocidad que se olvidaron de mí. Me quedé ahí plantado, en la apestosa casa, con un cartel de casa en ruinas clavado en la puerta. ¿Y mi niño? Apenado, me dijo adiós con la mano por la ventanilla trasera del coche más brillante y absolutamente reluciente del mundo entero.

»Aquellos padres pensaron que se habían deshecho de mí, y estaban pletóricos. Podías haber comido bollos de caramelo directamente del suelo de su casa nueva sin que se les adhiriese ni una mota de polvo. Pero entonces, un buen día, llegué. Lo conseguí. Me tiré meses, pero *volví*, más apestoso que nunca por el viaje. Y así es como hemos acabado todos aquí, en la consulta del psiquiatra: un pobre niño, su calcetín imaginario y unos padres obsesionados con la higiene y desesperados.

23
UNA INVITACIÓN

Al acercarme al estante para coger una revista me di cuenta de que podía oír la sesión de terapia de Fleur a través de la puerta. ¿Era feo escuchar? Sí. Era inmoral y una intrusión. Era como leer el diario de alguien o hurgar en su ropa sucia, o comerse su basura (un límite a menudo transgredido por *François*). Pero ¿pegué la oreja a la puerta y escuché igualmente?

¡Desde luego que sí!.

«Fleur, ¿por qué no describes a Jacques?» Era la voz del (presunto) profesional de la medicina, el doctor Stéphane.

«A ver, por dónde empiezo —contestó Fleur—. Sabe dibujar toda clase de dragones. Es capaz de escribir casi doce palabras por minuto en el ordenador. Se sabe los nombres de todas las mascotas presidenciales. Nunca ha tenido hipo. Me ha enseñado a tumbarme en el césped, presionar la nariz contra la hierba y mirar alrededor. Al hacer eso es como si estuvieras en un planeta totalmente distinto lleno de bichos alienígenas y olores extraños. —Fleur hizo una pausa—. Y la verdad es que, aparte de mí, no tiene amigos. Supongo que ha de ser duro para él.»

«¿Por eso querías ser imaginaria tú también? —preguntó el doctor Stéphane—. ¿Para que Jacques no estuviera tan solo?»

Me aparté de la puerta. Estaba convencido de que sabía la respuesta a aquella pregunta.

—¡Eh, el nuevo! —dijo Míster Lastimoso—. Tendrías que entrar en nuestro grupo.

—¿Qué clase de grupo? —inquirí.

—Se llama Imaginarios Anónimos —contestó Míster Lastimoso.

—Imaginarios Anónimos —repetí—. Que nombre más redundante ¿no?

—Es un grupo de apoyo —explicó Calcetín Apestoso—. Para amigos imaginarios en apuros. A veces es bueno rodearse de cosas como tú.

La verdad es que yo nunca había estado con cosas como yo, cosas que no pudieran verse ni oírse, pero no las típicas. Puede que me entendiesen; por qué no. Hasta las hojas muertas se acurrucan juntas bajo los mantos de nieve en invierno. Hasta la oscuridad se aglomera al amanecer en las esquinas y al fondo de los cajones.

—Hecho —dije—. ¿Dónde hay que ir?

24
IMAGINARIOS ANÓNIMOS

«Imaginario o no, solo soy tan invisible como me sienta.»

Estaba sentado en una casa de muñecas rosa de un jardín trasero, de la mano de un conjunto de miembros del grupo y repitiendo el mantra de Imaginarios Anónimos.

—¿A quién le gustaría empezar a compartir? —preguntó Calcetín Apestoso.

Un imaginario gigante levantó tímidamente la mano.

—Hola. Me llamo De Todo. Soy imaginario desde hará un par de años.

—Hola, Todo —saludó el grupo al unísono.

De Todo era justamente eso; estaba hecho de botones y zapatos viejos, una cometa, una piel de plátano y de casi cualquier cosa.

—El año pasado me enteré de que era imaginario —continuó De Todo—. Fue cuando me culparon de afeitar al gato de la familia. Mi mejor amigo me echó la culpa, cosa que a mí no me importó, porque a mí no podían castigarme como a él. Pero entonces sus padres se pusieron realmente furiosos y dijeron que no era mi culpa que Míster Cosquillas estuviese pelado, porque yo era imaginario y las cosas imaginarias no pueden afeitar gatos.

—¿Y cómo te hizo sentir aquello? —inquirió Calcetín Apestoso.

—Mal —contestó De Todo—. Y triste. Como si no controlase mi propio destino. No es que *quiera* afeitar gatos, pero me gustaría tener la opción de hacerlo, ¿sabes?

Todos asintieron comprensivos. Había más imaginarios en la reunión: un pájaro gordo y naranja con cabeza de hipopótamo, y un monstruo peludo y morado con alas diminutas en la espalda. Había también una figura imprecisa que se escondía en el rincón, además de Míster Lastimoso y, para mi alegría, la vaquera de los patines de ruedas.

—Volvemos a vernos, socio —dijo la vaquera, sonriendo—. Veo que al final has aceptado la verdad sin necesidad de un desfibrilador.

La vaquera se dirigió al grupo:

—Soy la vaquera de los patines de ruedas, y soy imaginaria desde que tengo memoria. Supongo que últimamente he estado pensando mucho..., mmm..., en el final.

Se oyó un murmullo entre los presentes.

—La niña con la que vivo está creciendo —continuó la vaquera—. Antes jugábamos a dar la vuelta al mundo patinando; se nos daba bien, además. Patinábamos por prados de flores amarillas y las cogíamos para hacer ramilletes sin tener que parar. Subíamos patinando a los volcanes y bajábamos hasta el fondo del océano, donde recorríamos kilómetros de cañones y bosques de algas, y ascendíamos en patines a lomos de una ballena. Pero de repente las cosas cambiaron. Dejamos de patinar tanto y ya últimamente nada. Ayer su madre iba a donar un montón de juguetes viejos y le preguntó: «Cariño, ¿quieres estos patines? Porque están bastante oxidados». Y mi pequeña vaquera dijo: «No, ya soy mayor para patinar». ¡Los tiró! Y así, en un ¡zas!, nuestro viaje alrededor del mundo se había acabado.

25
LA LUZ DE LA LUNA

—Como ya habréis visto algunos de vosotros —dijo Calcetín Apestoso—, tenemos un miembro nuevo en el grupo. Se llama Jacques Papier. Jacques, ¿quieres contarnos por qué estás aquí?

—Bueno —contesté—, en realidad no estoy aquí. Por eso estoy... aquí.

—¡Hala! —exclamó De Todo—. ¡Qué profundo!

—Me imagino que la cuestión es —empecé a explicar— que no tengo clara mi función. No sé, estos ocho años he vivido convencido de que era una persona real. Y de repente he descubierto la verdad. Y después de reflexionar sobre ello, me he dado cuenta de que no quiero ser el hermano imaginario de nadie. Creo que quiero ser real.

De Todo alargó el brazo y me dio unas palmaditas en la mano.

—Que no seas «real» no significa que no seas real. —De Todo apuntó a su pecho gigante, donde estaría el corazón, de tenerlo. En su caso, estaba señalando un viejo brik de leche.

—Creo que es como la tierra y la luna —expliqué—. La luz de la luna es una ilusión. En realidad, solo está reflejando la luz del sol, que rebota en ella como en un espejo. Nosotros somos como esa luna y sin la gente que nos ha imaginado todo es oscuridad. ¿Es eso lo que queréis? Porque yo no. Yo quiero más. Quiero ser libre.

26
BICHARRACO

Después de la reunión, me quedé a solas comiéndome una galleta pasada, bebiendo un vaso de zumo de uva e intentando asimilar lo que había oído y puede que especialmente lo que yo mismo había dicho. Estaba tan sumido en mis pensamientos que apenas reparé en que una oscura nube de tormenta pasaba sobre mi cabeza y me envolvía en sombra.

—¡Buenas! —dijo una voz como de bicicleta oxidada.

Alcé la vista. Quise tragarme la galleta, pero la garganta se me había secado horrores. Tosí, las migas se esparcieron sobre la figura imprecisa que tenía delante. Se las sacudió no con poco desdén.

—Soy Bicharraco —dijo. Me di cuenta de que la voz de bicicleta oxidada tenía, además, acento británico.

Bicharraco era difícil de describir, no porque yo carezca de vocabulario, sino porque no era nada. De hecho, su cuerpo se dibujaba y desdibujaba como si fuese de humo; tan pronto tenía verrugas como manzanas silvestres podridas, luego cambiaba y tenía arañas saliéndole de las orejas. Parecía como si el vello de su nariz diera cobijo a babosas, caracoles y sus respectivos mocos, pero de repente volvía a cambiar y tenía ojos aulladores, dientes de pico de cuervo y debajo una barba de nubarrones.

—¿Qué eres? —inquirí—. ¿En serio eres el amigo imaginario de alguien? —Me costaba creer que alguien lo visualizara intencionadamente. En comparación con ese tío, *François*, el horrible perro salchicha, resultaba tan intimidante como un plato de sopa fría.

—¡Bah! Ya me conoces —dijo Bicharraco, acercando demasiado el rostro—. Soy el Monstruo del Armario. Algunos me llaman el Coco de Debajo de la Cama. Otras veces me convierto en Aquello que de Noche Da Miedo. En realidad no soy un mal tipo, en serio, pero es como me imaginan.

—¿Qué has dicho? —pregunté.

—Lo que has oído —respondió un tanto nervioso—. ¿No está bien dicho?

De repente su voz sonaba distinta.

—¿Estás *fingiendo* el acento británico?

—Tal vez... —contestó Bicharraco—. Pensé que daría más miedo.

—Me temo que da miedo, sí... —repuse—. Pero de lo *mal* que lo haces.

Bicharraco y yo nos miramos fijamente a los ojos en silencio unos instantes.

—¡Vaya, mira qué hora es! —exclamé—. Bueno, un placer hablar contigo, pero debo irme. Tengo un bizcocho haciéndose en el horno de casa...

Bicharraco adelantó un pie tenebroso para detenerme.

—En la reunión parecía que andabas buscando algo —dijo—. Algo que los encantadores e ingenuos miembros de este grupo sencillamente no pueden ofrecerte.

—¿Y tú sí?

—Sí —replicó, dándome unos toquecitos en la nariz que me produjeron escalofríos—. Sé cómo puedes ser libre. Sé cómo puedes volverte real. Te lo diré, pero tiene un precio.

—La verdad es que no tengo dinero. Ni paga ni trabajo...

—¿Qué me dices de eso? —preguntó, señalando mi bolsillo.

Introduje la mano y saqué la brújula que Maurice el Magnífico le había dado a Fleur.

Como de todos modos estaba rota, le di la brújula inservible.

«Claro», pensé. «Lo que quieras, bicho raro, pero dímelo antes de que me muera de miedo.»

Y eso es lo que hizo Bicharraco: se inclinó para susurrarme al oído sus secretos llenos de telarañas.

27
UN MAPA DE MÍ

Aquella noche, cuando Fleur dio al fin conmigo, yo estaba en el suelo de nuestro cuarto con lápices de colores en el regazo como virutas gigantes sobre un helado Jacques Papier con nata montada.

—¿Qué dibujas?

Extendido en el suelo se hallaba el Mapa de Nosotros que habíamos ido elaborando. Sin embargo, había añadido una isla a considerable distancia de la costa. No era demasiado grande, ni demasiado pequeña, y tenía cierto aire luminoso.

—He decidido —contesté— que necesito mi propia isla. Una isla mía, por así decirlo. Una Isla de Mí.

—Pero no hay nada en ella —comentó Fleur.

En eso tenía razón.

—Bueno, aún no sé qué habrá. Veo en ella algunas cosas imprecisas, pero nada específico. Eso es lo mejor de mi isla. Todo es posible allí. ¡Caramba! Igual hay arenques dragón. A lo mejor se puede comer polvo de estrellas y helados flotantes con cerveza de raíz y pasteles de carne.

—¿Cómo irás hasta allí? —preguntó Fleur—. Es difícil llegar a una isla. Necesitas un barco, un avión o un submarino.

—Hay una forma —contesté—. Bicharraco me ha dicho cómo ser libre.

Fleur puso morros.

—¿Quién es? ¿Y qué es eso de que no eres libre?

Sabía que era una cuestión muy filosófica sobre la que había estado pensando largo y tendido.

—Piénsalo de la siguiente manera —respondí—: si yo soy un genio, entonces tú eres la lámpara. Yo soy el percebe de tu ballena, el personaje de tu novela, las mareas provocadas por tu luna. Yo soy tu marioneta. No soy más que un espécimen en el Museo de la Imaginación de Fleur.

—Pues yo no te veo así —replicó Fleur.

—Lo sé, porque tú eres la mejor hermana del mundo. Sin embargo, yo no soy el mejor hermano. Solo soy parte de ti, y lo único que sé es que veo a los demás en el cine o en la frutería y pienso que a todos los envuelve su propia historia épica, repleta de sueños, esperanzas, miedos, alergias y curiosas fobias. Yo no tengo nada de todo eso.

—Vaya —repuso Fleur—. ¿Quieres que te imagine de otra manera?

—De hecho —comenté en voz baja—, Bicharraco me

ha dado unas tijeras y quiero que cortes los hilos. Quiero que me dejes en libertad.

—Pero ¿cómo?

Y entonces le conté a Fleur el secreto de Bicharraco.

28
UNA LISTA DE LO QUE YO, JACQUES PAPIER, ME PROPUSE HACER CON MI LIBERTAD

Pronto surcaría los mares como un pirata, mi barco una tortuga marina con velas, mi tripulación compuesta de peces espada y peces vela.

Entraría en el circo y comería algodón de azúcar en todas las comidas. Enseñaría al león a atravesar aros de fuego y luego los atravesaría yo también, chamuscándome las pecas, que se volverían más rojizas.

Aprendería griego y latín, y por lo menos tres idiomas que yo me inventaría.

Volaría alrededor del mundo y construiría castillos de nieve con focos en el interior, como los que se usan en las construcciones, que se encendiesen por la noche y guiasen a todo el mundo a casa.

Me convertiría en un famoso pastelero y me especializaría en tartas de chocolate, donuts de dientes de león y pasteles decorados con musgo.

Vería a las personas, aunque fuesen invisibles.

Daría la vuelta al mundo.

Y me crecería el pelo.

Y los pájaros anidarían en mi barba.

Y tendría cicatrices.

Y líneas de expresión alrededor de los ojos.

Tendría cumpleaños.

Y me haría mayor.

Y celebraría las estaciones.

Por fin, estaría vivo con *V* mayúscula.

29
LA VAQUERA DE LAS BOTAS SUPERSÓNICAS

La Vaquera iba en calcetines por las inmediaciones del parque cuando me topé con ella. Se agachó, y en la acera sujetó los patines como si fuesen coches de juguete, y a continuación se los enfundó e inició una triste carrera calle abajo.

—¡Brrrrrrr...! —exclamó con cero entusiasmo—. ¡Hale!

—Oye, ¿dónde está tu niña? —le pregunté.

—¡Ah! —contestó la Vaquera sonrojándose y encogiendo los hombros—. Tenía no sé qué fiesta-de-pijamas-con-niñas-guays-para-jugar-a-verdad-o-atrevimiento. Yo me he quedado aquí. Paso.

—Mmm..., vale —respondí—. Deja que te cuente lo que he estado haciendo *yo*. He estado meditando mucho, pensando cosas como: ¿Quién es Jacques Papier? ¿Qué es Jacques Papier? ¿Qué quiere Jacques Papier? ¿Qué necesita Jacques Papier? ¿Qué hará feliz a Jacques Papier?

—¡Guau! —exclamó la Vaquera.

—Lo sé —repuse—. Es profundo, ¿verdad?

—El guau iba por la cantidad de veces que has dicho Jacques Papier en esas preguntas.

—Sí, ya. Bueno, he tomado una decisión. Me voy a averiguar las respuestas a esas preguntas.

—Espera —dijo la Vaquera—, antes de que te esfumes, vaquero, hay algo importante que debes saber...

—¡Silencio! —exclamé enérgicamente, levantando una mano—. No quiero oír ninguna de tus razones para que me quede. Solo he venido a despedirme. Y gracias. Fuiste la única que me dijiste la verdad.

—Un momento... Espera un momento... —dijo la Vaquera.

Pero no alcancé a oír sus palabras. Ya me había ido, como una planta rodadora en movimiento.

30
COSAS MINÚSCULAS

Después de darle muchas vueltas al secreto de Bicharra-co, Fleur vino y me encontró leyendo un libro a la luz del porche. Supe por su cara que tenía la decisión práctica-mente tomada.

—Si lo hago, ¿qué pasará? —preguntó—. ¿Desaparecerás o serás diferente, o algo incluso peor?

—No estoy seguro —contesté. Era la verdad. Me encantaban las palabras *libre* y *real*, pero no describían con exactitud todo lo que se avecinaría—. A lo mejor —dije— podré hacer lo que quiera cuando quiera, igual que tú.

—Yo no hago lo que quiero —replicó Fleur—. Como ahora. No quiero que las cosas cambien, pero han cambiado. Cambiarán. ¿Y si te olvidas de mí? ¿Y si nunca vuelves?

—Eso no pasará —respondí—. Nunca te olvidaré. Volveré.

Señalé hacia su pecho.

—¿Sabes qué hay ahí dentro? Un arbolito del tamaño de una rama con una *J* y una *F* talladas.

—¿Qué quieres decir? —preguntó Fleur—. ¿Como una enfermedad?

Me eché a reír.

—Estoy hablando metafóricamente. Y también hay dos literas pequeñas hechas con palillos y cordeles. Y un *François* del tamaño de una pulga. Y están todas nuestras marionetas, y nuestros desayunos de crepes, escondites, secretos y ronquidos.

—Yo no ronco —protestó Fleur. Pero aun así sonrió. Siempre le habían gustado las cosas minúsculas y bonitas, como el mobiliario de las casas de muñecas o las casitas para ratones, o los favores insignificantes cuando nadie miraba. A mí también me gustaba esa metáfora, aunque no tenía muy claro que fuese auténtica. Bicharraco no me había dicho qué pasaría después; únicamente me había dicho cómo ser libre. La vida a partir de ahí se asemejaba a una puerta cerrada que conducía a una parte del mapa que yo jamás había explorado.

—Estoy listo —le dije a Fleur, apretándole la mano y cerrando los ojos.

Ella sonrió con tristeza.

También cerró los ojos.

Y, entonces, Fleur hizo algo minúsculo y hermoso: se imaginó con todas sus fuerzas que yo era libre.

31
HACERSE A LA MAR

Érase una vez un niño que en realidad no existía. Vivía en una casa donde todo era posible y cada rincón esperaba a ser descubierto. Un seto era un castillo. Un palo, una espada. Las semillas de diente de león, los polvos necesarios para hacer magia.

Había una vez un niño que tenía una hermana y eran íntimos amigos. Juntos se inventaban interminables mapas; él era el capitán del bosque y ella, la oficial. Se inventaban canciones sobre pájaros que volaban hacia atrás, sobre notas perdidas en botellas, sobre orugas que anhelaban ser mariposas. Bajo la radiante luz de finales de verano, tallaron dos iniciales, una J y una F, en el tronco de un árbol. Concentraban la magia en sus pequeñas manitas, volvían cada noche a casa dando volteretas y se dormían con briznas de hierba en el pelo.

El niño deseaba ser otra cosa, pero no sabía qué. Tal vez un pirata, un payaso, un mago. Quería que la libertad lo moldeara a su antojo.

Había una vez un niño que en realidad no existía. Salvo para una persona: una niña pequeña. Y fue liberado solo porque ella lo consintió. El niño prometió no olvidarla nunca; no porque fuese especialmente cabezota ni propenso a sentirse culpable, sino porque sabía que era sencillamente imposible. Aunque llegase el invierno y la luz fuese lo bastante pálida para borrarlo todo, la recordaría. Y cuando las hojas se volviesen negras cubiertas de nieve, y cuando las iniciales del árbol apenas fueran perceptibles con el paso de los años; incluso cuando aquellas iniciales fuesen prácticamente invisibles y talaran el árbol para transformarlo en un barco, la recordaría.

Había una vez un niño que se hizo a la mar, que no sabía qué futuro le aguardaba en aquellas aguas oscuras e ignotas.

32
OSCURIDAD

Cuando abrí los ojos estaba todo oscuro.

¿Pueden morir las cosas imaginarias?, me pregunté.

¿Estoy en coma?

¿O esto es lo que se siente al ser real?

Al principio, a oscuras, me pareció oír a Fleur pronunciando mi nombre, pero era un sonido lejano, muy lejano, como un eco, y se desvaneció hasta que no pude escuchar absolutamente nada. Cerré los ojos y volví a abrirlos, pero la oscuridad persistía. Pasaron horas; al menos es lo que me pareció, porque no había modo de saberlo a ciencia cierta. Igual fueron días. O semanas. O meses. Yo tenía la sensación de que llevaba toda una vida allí, en aquella completa oscuridad.

Y lo peor era que no tenía nada más que hacer que pensar. Y recordar.

Pensé en nuestra casa. Las casas son curiosas, porque memorizas cada tabla del suelo que cruje, cada raya a lápiz de la pared donde has ido marcando lo que creces, hasta que todo se convierte en parte de ti sin siquiera darte cuenta. Estaba convencido de que incluso totalmente a oscuras, si estuviese en casa, sería capaz de localizar todos los interruptores y hacer que volviera la luz.

Pensé en *François*. Pensé en sus gruñidos y mordisqueos, y lo suaves que eran sus orejas caídas cuando roncaba y yo le hacía una caricia fugaz. Qué tendrán las mascotas que hasta las peores se cuelan en tu corazón, se hacen un ovillo en un cojín donde da la luz cálida del sol y jamás se marchan.

Pensé en cómo sonaban las cosas de lejos: el zumbido del cortacésped de mi padre en verano, el tictac de los relojes, las sartenes crepitantes y las cucharas tintineantes de la cocina. Recordé el sonido de la voz de mis padres a través del entablado, como una emisora de radio que no acababa de estar bien sintonizada. En sus tonos era capaz de percibir inquietud o alegría. Me daba la impresión de que el sonido creaba un campo de fuerzas alrededor de nuestra casa, y eso siempre me dio seguridad.

Y, sobre todo, recordaba la luz. Visualicé la luz de la luna en nuestro cuarto, las formas de los muebles durmientes y los títeres de sombra que hacíamos en la pared. Visualicé el resplandor dorado de las tardes de otoño al salir del colegio. Visualicé las cortinas de mi madre y cómo las sombras de estas parecían laberintos o rompecabezas por resolver. Visualicé el brillo en los ojos de Fleur, del color de un estanque con motas azules y verdes; un sitio del que en cualquier momento bien podría salir un pez de un salto a la superficie. ¿Te has fijado en que los ojos de las personas brillan más cuando hablan de algo que aman? Así se iluminaban los ojos de Fleur cuando le hablaba a alguien de mí.

Pensé en la luz.

Y la eché de menos.

Y suspiré por ella.

Hasta que, por fin, un buen día, volvió.

33
¿LIBERTAD?

De modo que esto es lo que se siente al ser libre, pensé. El sol me daba en la cara, el viento en el pelo. (Solo que aquello no parecía lo que se dice libertad porque, técnicamente, estaba atado con una gruesa cuerda al tronco de un gran árbol.)

—Mmm... ¿hola? —dije.

—¿Te he dicho yo que puedes hablar? —preguntó una voz enfadada.

Esto, pensé erróneamente, era una buena señal: ¡alguien podía oírme! La única otra persona real que me había oído jamás era Fleur; por lo tanto, razoné, ahora debía de ser real para todos.

Por detrás de un árbol apareció un niño, tendría mi edad, con un pedazo de madera en la mano que sostenía como una espada.

—Soy el héroe —anunció—. Y tú eres mi prisionero.

—Yo-muy-bien-gracias-¿y-tú-qué-tal? —repliqué—. ¿Se puede saber cómo he llegado aquí?

—Seguramente como polizón en un barco después de robar un tesoro.

—No. No me refería a cómo ha llegado mi personaje aquí, a tu jueguecito imaginario. Me refiero a cómo ha llegado Jacques Papier aquí, a la vida real.

—¡Eh! —exclamó el niño. Su voz era ahora la de un niño de ocho años normal y ligeramente indignado—. No puedes hablar, si no quiero. Yo te he imaginado.

Y entonces me dio un puñetazo, más doloroso que cualquier golpe con una espada de madera.

—Eres mi nuevo amigo imaginario —dijo.

34
LOS BANDIDOS TONTAINAS

Así pues, al parecer se había producido un grave error: Fleur me había dejado en libertad, pero alguien más me había imaginado. Y resultaba que ese alguien era un individuo especialmente chiflado llamado Pierre.

El lunes, Pierre decidió que éramos atracadores de bancos. Primero me imaginó como su caballo, pero protesté tanto al adoptar forma de caballo que al final cedió y dejó que fuese un forajido como él, los dos con botas de piel de serpiente y con la cara cubierta con un pañuelo. El único problema fue que cuando quisimos atracar el banco, a la mujer que estaba ahí Pierre le pareció «una ricura» (fueron sus palabras, no las mías) y le dio una piruleta. Pierre se llevó entonces el tarro entero de diminutas piruletas y huyó del banco, entre alaridos y gritos, mientras sus dedos hacían de pistola en el aire

Al margen de nuestro «gran golpe», dudo mucho que los bandidos tontainas vayan a salir en el telediario.

El martes, Pierre dijo que éramos pilotos y nos visualizó con ropa sosa de aviador a juego y cascos. Luego decidió que nuestro avión descendía deprisa y teníamos que saltar. Solo que nuestro avión era un árbol y al genio de Pierre se le pasó imaginar que teníamos paracaídas, así que ahora tenemos vendajes a juego en la cabeza.

El miércoles, Pierre decidió que éramos vigilantes de un zoológico. Nos pasamos como medio día acechando a un tigre que se había escapado, pero resultó que solo era un gato callejero asustadizo del vecindario. Y te aseguro que la pistola de agua de Pierre no tranquilizó a la bestia salvaje, al contrario. Lógicamente, Pierre esquivó el contrataque felino, pero mi amigo no me imaginó con tanta suerte, por eso ahora tengo el cuerpo entero lleno de rasguños, salvo la parte que estaba vendada.

Igual mañana Pierre se imagina que tengo la rabia y me muero.

El jueves, jugamos a personajes de cuentos y (*cómo no*) Pierre tenía que ser el príncipe valiente. ¿Y qué era yo?, te estarás preguntando. ¿El dragón? ¿El caballero? ¿Tal vez un bufón encantador que no corría peligro de que lo lesionaran o hiriesen? No. Pierre me visualizó como la doncella en apuros. ¡Yo! ¡Una doncella! Y no me imaginó como una princesa guerrera intrépida y ocurrente diestra en artes marciales. Noooooo. Tuvo que subestimar mi fuerza femenina junto con todo lo demás. No sé, puede que mi vestido tuviese volantes y estuviese repleto de piedras en forma de corazón, y puede que llevase el pelo exageradamente largo, pero yo me negaba a ser una doncella en apuros. Diseñé un plan. Además, quiso la suerte que a Pierre lo llamase su madre a cenar antes de llegar a la parte en que me despertaba el beso apestoso del verdadero amor. Vamos, que el «príncipe Pierre» necesita una clase regia de higiene bucal.

Como te puedes imaginar, el viernes estaba harto. Mientras Pierre dormía, recogí mi corona y mis enaguas de encaje, y me perdí en la noche.

35
¡DIMITO!

–¡Qué monada! —exclamó Calcetín Apestoso guiñándome un ojo cuando entré en la reunión de Imaginarios Anónimos.

—A mi lado hay un asiento libre, Princesa —intervino Míster Lastimoso.

—¡No soy una princesa! —grité mientras me desplomaba en la silla y me recomponía el vestido—. Soy una *doncella* en apuros.

—¿Jacques? —preguntó Calcetín Apestoso, su boca de lana abierta de asombro—. ¿Eres tú?

—¡Claro que sí! —contesté, y hundí el rostro en las manos—. ¡Dimito! ¿Se puede hacer eso? —pregunté, levantando la vista—. ¿Se puede dejar un trabajo imaginario?

—Mmm... —intervino Míster Lastimoso—, seguramente puedes si te dan el visto bueno, pero tendrás que hacer un montón de papeleo.

—En serio —continué—, fuera bromas; tenéis que ayudarme, chicos. Nadie me dijo que la libertad significa que otro niño puede imaginarte. Y, por si fuese poco, estoy un noventa y nueve por ciento seguro de que ese niño, Pierre, es el más buscado de los buscados de «Los más buscados por la policía de Estados Unidos»

—¡A ver...! ¿Qué pusiste en el formulario? —preguntó Míster Lastimoso—. Algún disparate tuviste que escribir para que te destinaran con semejante chalado.

—¿Formulario? ¿Qué formulario?

—El formulario de asignación —continuó—. En la Oficina de Reasignación.

—¿QUÉ OFICINA DE REASIGNACIÓN? —grité.

De Todo echó un vistazo al resto de imaginarios, señaló hacia mí y lució su sonrisa de piezas-de-ajedrez-y-lata-de-refresco.

—Este parece de otro planeta —bromeó—. Perdón: esta —añadió.

—Todo el mundo sabe que, si te liberan, tienen que reasignarte —explicó Calcetín Apestoso—; de lo contrario, te quedas atrapado en un oscuro limbo y luego a merced de cualquiera que te imagine como le dé la gana, como una especie de estúpida marioneta imaginaria; como una muñeca de papel que recortas al tuntún; como el acero forjado por la mano del Gran Imaginador, como...

—Bien, Bien —dije—. Escribe tu poema épico en tu tiempo libre. Pero que conste, chicos, que toda esta información me hubiese venido muy bien *antes* de convencer a Fleur de que me dejase en libertad. —Me puse de pie y me recompuse las enaguas con todo el orgullo del que fui capaz—. Bien, ¿dónde está esa oficina? —pregunté, meneando mis rizos de oro—. Los pies me están matando y necesito sacarme estos tacones, la verdad.

36
EL FORMULARIO DE REASIGNACIÓN

DATOS PERSONALES

Apellido: Papier   Nombre: Jacques

Dirección (anterior): la litera superior

Miembros de la familia (anterior): Mamá, Papá, Fleur y (puff!) François, el horrible perro salchicha

¿La Oficina de Reasignación te ha adjudicado anteriormente algún hogar? (Sí/No): No

¿Estás legalmente facultado para el empleo imaginario?

~~Puede. Más o menos.~~ Si

GENERAL

Días disponibles:

☐ Lunes   ☐ Jueves   ☐ Domingo

☐ Martes   ☐ Viernes   ☐ Día de ocio

☐ Miércoles   ☐ Sábado

Categoría del empleo:

☐ Amigo imaginario a tiempo completo   ☐ Archienemigo imaginario a tiempo completo

APTITUDES ESPECIALES

(marca todas las que tengas)

☐ Volar

☐ Hacer tartas

☐ Trepar a los árboles

☐ Hacer formas con las nubes

☐ Comer tartas

☐ Piratería (en alta mar)

☐ Evaporación

☐ Brillar en la oscuridad

☐ Patinar sobre ruedas

☐ Licuación

☐ Fuerza sobrehumana

☐ Karaoke

☐ Claqué

☐ Leer la mente

☐ Llegar al estante de arriba

☐ Adivinar el contenido de regalos envueltos

☐ Modales impecables

☐ Monociclo

☐ Hacer ecos

☐ Brazos extra

☐ Escuchar el sonido de las caracolas

☐ Aspirar fuego

☐ Deberes de mates

☐ Microsoft Word

ÚLTIMA PREGUNTA

¿Hay alguna otra información que te gustaría que tuviéramos en cuenta?

_____

_____

_____

_____

_____

37
LA OFICINA DE REASIGNACIÓN

—¡No tengo ninguna aptitud! —exclamé, apartando el formulario con brusquedad en un ataque de exasperación.

La funcionaria de reasignación que estaba detrás del mostrador me miró contrariada y acto seguido escribió unas cuantas rayas en la tablilla con sujetapapeles que sostenía en las manos.

—Ansiedad, grosería y baja autoestima —dijo entre dientes mientras escribía.

La funcionaria llevaba unas gafas que pendían de una cadena que no paraba de enredársele con los brazos, pero aun así daba la impresión de que completaba un montón de trabajo. Muy probablemente se debiese al hecho de que había sido imaginada no con dos, sino ocho tentáculos que no dejaban de moverse y escribir en todas direcciones. Eso era bueno, porque la oficina estaba hasta los topes de carpetas y papeles; o a lo mejor solo lo parecía porque la habitación era enana. Tenía entendido que la Oficina de Reasignación cambiaba continuamente de local y en la actualidad estaba ubicada en una caja enorme de cartón de un jardín abarrotado de juguetes.

—A veces los niños se imaginan que es una nave espacial —explicó la funcionaria de reasignación—. Otras veces, una casa de golosinas, la cueva de un dragón, una fábrica de tartas de chocolate, una escuela de monstruos o una locomotora de juguete fuera de control —continuó—. Sitios rebosantes de imaginación...

—¿Podría —le pregunté a la funcionaria— volver con Fleur, la niña que me imaginó primero? Me dejó en libertad, pero solo porque yo se lo pedí. Le fliparía que volviera.

—Sí, seguro que le fliparía —repuso la funcionaria, con apreciable sarcasmo—, pero no. Voy a introducir tus papeles en el sistema.

—Es que... —empecé a decir—. Aún no he contestado la última parte...

Demasiado tarde. Una máquina que parecía hecha con rollos viejos de papel de váter pitó y se meneó al engullir mis papeles. Tras unos instantes de reflexión, escupió una tarjetita.

—Muy bien —dijo la funcionaria —. Cuando salgas de la oficina por esa puerta —señaló hacia una plancha de cartón que parecía una puerta para perros—, te encontrarás en tu nuevo destino. Gracias por elegir esta sucursal de la Oficina de Reasignación Imaginaria, y que tengas un día muy inexistente.

Mientras me ponía a cuatro patas para salir gateando por la puerta hacia mi nuevo hogar pensé en la última conversación que había mantenido con Calcetín Apestoso antes de irme de Imaginarios Anónimos.

—Fue horrible —le había dicho— cambiar tantas veces de forma con Pierre. Eso demostró claramente lo irreal que llego a ser.

—¡Eh, tú, formas! —Calcetín Apestoso se encogió lo mejor que supo sin hombros—. Hasta los niños cambian de forma con el tiempo: crecen, se hacen mayores, les salen granos, arrugas, y de viejecitos se encorvan como una flor marchita. Yo no me preocuparía mucho de eso. Dedícate menos a pensar en eso y más a pensar en lo que hay ahí dentro.

El calcetín señaló mi pecho, donde estaría mi corazón de resultar que tenía uno.

—¿Por qué? ¿Tú qué crees que hay? —pregunté.

—No lo sé —dijo mi amigo—. Pero ¿no te parece que ya es hora de que lo averigües?

38
LO QUE MÁS ODIO

Después de pasar a gatas por la puerta para perros, descubrí que lo que había en mi interior era lo que más odiaba.

Deja que me explique.

Al salir de la Oficina de Reasignación aparecí en una jaula. Nada más entrar, la puerta por la que había pasado desapareció y me quedé encerrado en una especie de cárcel.

—¿Qué escriben los demás en sus formularios? —pregunté a voz en grito—. ¿Hay alguna especie de manual que pueda leer?

Decidí respirar, no dejarme llevar por el pánico y analizar la situación.

1. Podía oler como tropecientos olores distintos.

2. Por lo visto se me había agudizado un montón el oído, como si el mundo se oyese con sonido envolvente. Hasta oí los pasos de un pequeño escarabajo que vi caminando por el borde del cubículo.

3. Seguro que me había convertido en un super-héroe.

4. U otra doncella en apuros encerrada en una to-rre...

5. Me picaba todo, como si me hubiesen acribilla-do los mosquitos después de jugar al aire libre una noche de verano.

6. Era un superhéroe o una princesa con un sar-pullido.

7. Había muchos perros en esta cárcel.

8. ¿Cabía la posibilidad de que un perro me hu-biese imaginado?

9. ¿Acaso tenían imaginación los perros?

10. Oh-oh, alguien se acerca...

El grupo estaba formado por un hombre con un uni-forme sucio, un marido con su mujer y una niña con cole-ta y bonito vestido blanco, que no podía estarse quieta y corría de jaula en jaula. Parecía una polilla en una fábrica de bombillas; parecía una rana en una reunión de una fa-milia de moscas.

—¡Ese tiene muchas MANCHAS! —exclamó—. ¡Y ese es muy grande! ¡Mirad sus orejas! Y cómo mueve la cola.

¿Creéis que ese es suave? ¡Y mirad qué CARITA TIENE ESE! ¡Ahhhhh!

—Ya te dije que no era una buena idea —le comentó la mujer al hombre—. No es lo bastante responsable para tener un perro. —Y se dirigió en voz más alta a la niña—:

Merla, mi amor, recuerda que solo hemos venido a mirar.

—¡LOS QUIERO TOOODOOOOOOS! —respondió la niña chillando y venga a correr por los pasillos de jaulas como una abeja en un jardín botánico.

Merla se detuvo delante de mi cubículo y, para mi sorpresa, me señaló justo a mí.

—Ese es el perro que quiero —dijo en tono reverente.

—¿A quién llamas perro, niña? —pregunté.

—¡EEEEEEeeeeeeh! —exclamó Merla—. ¡Este perro HABLA!

—¡No fastidies! ¡Jopé...! —repliqué mientras la realidad me caía como un jarro de agua fría en la cabeza. (¿O debería decir en el hocico?)—. No me digas que ahora soy un perro.

Los padres de la niña se reunieron con ella delante de mi cubículo. Se miraron el uno al otro, luego a Merla, después a mí. Bueno, más o menos, porque en realidad estaban mirando al otro lado de la jaula.

—¡Claro! —dijo el padre de Merla con voz afectada y triunfal—. Puedes quedarte con todos los perros que quieras de esa jaula, cariño.

—Solo hay uno —contestó Merla—. Un perro perfecto. ¿Puedo? ¿Sí? ¡Venga...!

Entonces los padres se quedaron mirando al desaliñado cuidador de la perrera. «Adelante. Dale a la niña su perro invisible», decían sus ojos.

El cuidador de la perrera, claramente desconcertado, simuló que abría mi jaula con gran pantomima. Hizo un amplio movimiento con el brazo, como para presentarme, y dijo con voz de robot:

—Mira. ¿Ves el perro, en esta jaula? Pues ya te lo puedes llevar.

Con lo que Merla entró corriendo en el cubículo, me cogió en brazos y me estrechó tan fuerte que, en fin (vergüenza me da admitirlo), me hice un pis imaginario en su bonito vestido blanco.

39
MERLA + PERRO PARA SIEMPRE

Una vez que llegamos al cuarto de Merla, comprendí que posiblemente tuviese una ligerísima obsesión con los perros: había cuencos de comida y agua, juguetes para morder, pósters, huesos de calcio, una camita con volantes y hasta un álbum de recortes con las palabras MERLA + PERRO PARA SIEMPRE escritas con letra de imprenta dentro de un corazón en la tapa delantera.

—El título del álbum es muy general, ¿no crees? —Me hice con un rotulador, taché PERRO y escribí JACQUES PAPIER: PERRO TEMPORAL.

—¡Caramba! —exclamó Merla, alucinada—. ¿También sabes escribir?

—Por supuesto que sí —contesté, henchido de orgullo—. Puede que el profesor de inglés no pudiese verme, pero, en mi opinión, en segundo era el mejor de la clase tanto en ortografía como escribiendo en cursiva o letra manuscrita.

—Un perro que escribe en cursiva... —dijo Merla mientras sacudía la cabeza—. Me ha tocado el gordo, el premio mayor de la lotería, la verdad.

Me puse a curiosear, evaluando mis nuevas pertenencias.

—A mí eso no me va —dije, señalando un hueso—. Comeré lo mismo que tú. También me gustan los baños calientes de espuma y la música clásica, y no sé por qué pero creo que me gustaría que me rascaras detrás de la oreja.

Merla se agachó y me rascó en el sitio exacto. No estuvo mal.

—¿Algo más? —preguntó.

—Sí —respondí—. Me gustaría saber cómo soy.

—Puedo hacer una foto con la cámara de papá —propuso.

—No funcionará. Por desgracia, aún no han inventado un carrete o un espejo que capte cosas imaginarias. No, Merla, loquita hiperactiva —dije, pasándole un estuche de lápices de colores—, vas a tener que dibujarme.

—¡Guay! —exclamó Merla—. ¿Dónde quieres posar?

Miré a mi alrededor.

—Aquí —propuse mientras me tumbaba lánguidamente en mi camita de volantes como había visto en los cuadros antiguos de mujeres sofisticadas del museo—. Y asegúrate de que dibujas mi lado bueno —comenté—. Si es que aún lo tengo, claro.

40
UN RETRATO DE JACQUES PAPIER

Cuando Merla la «artista» acabó el dibujo, lo alzó para contemplarlo y luego le dio la vuelta con dotes teatrales. Yo me levanté de la cama y me acerqué a verlo con detenimiento.

Qué extraño es, pensé, poder verte únicamente a través de los ojos de otra persona. Con Fleur mi obcecación había sido tal que en ningún momento reparé en el hecho de que no me reflejaba en los espejos ni salía en las fotos; pero por fin había aceptado la realidad de mi situación.

—Merla, ¿tú crees que... dominas mucho esta técnica? —pregunté.

—¿La de los lápices? —inquirió Merla—. Pues claro. Mira qué gastados están la mitad de los colores.

—Pues entonces estarás pasando por una especie de etapa picassiana. ¿Estás en el periodo banana? Porque estas proporciones... No sé, no me gusta criticar, pero las piernas son demasiado cortas y es casi como si mi barriga se arrastre por el... —Hice una pausa. Miré con atención—. Por el..., ejem, el suelo —concluí tartamudeando.

El corazón me latió con fuerza. Los latidos decían la misma palabra:

«*Fran-çois, Fran-çois, Fran-çois.*»

Me di cuenta de que era lo que más odiaba.

Era un perro salchicha.

41

URGENCIA IMAGINARIA

Esperé a que Merla roncase, me desembaracé de sus brazos, que me atenazaban el cuello, y me fui a hurtadillas calle abajo hasta una cabina telefónica. Por el camino pasé por delante de un letrero que se había caído de un poste de teléfono y estaba en el suelo. AMIGO IMAGINARIO PERDIDO. LLAMA A PIERRE.

Sentí un escalofrío, mantuve la cabeza gacha y continué andando.

Al llegar a la cabina de teléfono me levanté sobre las patas traseras encima del pequeño asiento del interior, introduje mi moneda de 25 centavos en la ranura y marqué el número de la Oficina de Reasignación Imaginaria. Contestó una voz grabada que empezó a enumerar opciones.

«Está llamando al teléfono de urgencias veinticuatro horas de la Oficina de Reasignación. Le rogamos que escuche atentamente, porque las opciones han cambiado.»

»Pulse uno, si lo han imaginado como una planta de interior.

»Pulse dos, si lo han imaginado como un personaje de marca registrada y le preocupan las cuestiones legales.

»Pulse tres, si lo han imaginado como una nube en un día ventoso.

»Pulse cuatro, si lo han imaginado como un fantasma.

»Pulse cinco, si...»

Apoyé la cabeza en la fría pared de la cabina telefónica y cerré los ojos dispuesto a escuchar lo que parecía una lista interminable de urgencias imaginarias posibles.

«Pulse veintiséis, si lo han imaginado como una comida y están a punto de comérselo.

»Pulse cincuenta y cinco, si lo han imaginado como una figura de arena y el agua está lamiéndole los pies.

»Pulse noventa y nueve, si lo han imaginado como lo que más odia...»

—¡Ya! —exclamé, pulsando dos veces el nueve. Tras unos cuantos tonos se puso al teléfono una voz somnolienta.

—Hola, ¿cuál es su urgencia imaginaria?

—¡Me han imaginado como un perro salchicha! —chillé al teléfono.

—Está bien, tranquilo —dijo la recepcionista—. Deje que coja la hoja de admisión canina de urgencias. Primera pregunta: ¿su nueva niña lo trata mal?

—No —respondí.

—¿Su nueva niña le obliga a comer comida para perros?

—No.

—¿A buscar cosas en contra de su voluntad?

—No.

—¿Su nueva niña intenta montarlo como a un caballo?

—¡No! ¡Qué va! —repuse—. En realidad, Merla es muy cariñosa. Lo que pasa es que odio a los perros salchicha.

—Entonces algo habrá puesto en su formulario para que le hayan asignado este destino —dijo la voz, que parecía más aburrida por momentos.

—Puse que he *vivido* con un perro salchicha horrible llamado *François* —expliqué—, pero evidentemente no era una *preferencia*.

—¡Ajá! —exclamó la especialista—. Pues será eso. El sistema se limita a hacer una búsqueda de palabras clave y seguramente registraría esa.

—¡Qué *bien*! —dije sarcásticamente—. ¡Qué sistema tan *maravilloso*! ¿Cómo puede funcionar *tan* bien una máquina creada con imaginación y rollos de papel de váter? Da igual —continué—, necesito un nuevo destino.

—Lo cierto, señor, dado que no se trata de una verdadera urgencia, es que tendrá que esperar hasta el lunes. Y aun así digamos que las posibilidades de que este caso reúna los requisitos para un traslado son nulas. Que tenga un fin de semana muy inexistente. Adiós.

¿Tú te crees...? Me colgó. ¡Cuando más la necesitaba! ¡En mi momento de crisis!

Me sentí más pequeño que un perro salchicha, para qué engañarnos.

42
RODAR EN LA HIERBA
Y LAS LUCIÉRNAGAS

Regresé a casa de Merla, haciendo lo imposible por no aullarle a la luna de frustración. Por el camino pasé por delante de unos columpios y me vino a la memoria el recuerdo del día que conocí a Vaquera en el parque. ¡Qué manera de lloriquear! ¿Y, por qué, a fin de cuentas? Por tener una hermana adorable y unos padres cariñosos, y la mejor vida posible. ¡Qué tonto había sido!

Decidí columpiarme un rato, pero únicamente subir las patas delanteras al columpio que se balanceaba y encaramarme al asiento me dejó exhausto. Y aun así me quedé colgando boca abajo como una barra de pan entera que se deja bajo la lluvia.

Adiós a los columpios, pensé. Adiós a un montón de cosas de mi vida anterior.

A lo largo de los días siguientes, la única ventaja que le encontré a lo de ser un perro (y, créeme, no me compensaba) era que podía hacer todas las travesuras que a Fleur y a mí siempre nos prohibían en casa. Rodé en la hierba de olor dulce, me revolqué en un charco de barro y cacé luciérnagas con la boca para ver a qué sabía la luz. (Sabe a pollo.) Además, estaba más cerca del suelo, con lo que podía oler el rocío, unirme a un desfile de hormigas y sentir el sol acumulado en la tierra.

Continué sacándole el máximo partido a eso de ser el perro de Merla hasta el día que oí de refilón a sus padres hablando en la cocina mientras guardaban la compra.

—¿Has comprado el champú antipulgas? —preguntó la madre de Merla.

—Sí —contestó su padre, con un suspiro—, pero ¿no te parece un poco absurdo quitarle las pulgas imaginarias a un perro imaginario?

—Francamente —repuso la madre—, creo que Merla está demostrando una gran responsabilidad. Si sigue así, a lo mejor habrá llegado el momento de tener un perro de *verdad*.

Quizá dijeran «un perro de verdad»; vamos, seguro. Pero lo que yo oí fue: «Largo de aquí».

43

EL PERRO ~~SE COMIÓ~~ ME HIZO LOS DEBERES

Así pues, Responsabilidad pasó a ser mi segundo nombre. Jacques R. Papier, perro salchicha excepcional, a tu servicio. Lo único que tenía que hacer era que Merla me siguiera el juego, cosa que no fue difícil una vez que le dije que igual conseguía un perro de verdad.

—Puedes hacerlo —le dije—. Tienes la energía. Las agallas. ¡Eres como un juguete de cuerda humano! Y, además, yo te ayudaré.

De modo que todos los días esperaba junto a la ventana a que Merla volviese del colegio y entonces nos poníamos manos a la obra.

—Hoy bañé a Jacques Papier, el perro salchicha —les dijo Merla a sus padres cenando—. También lo sequé, le cepillé el pelo, le corté las uñas, le cepillé los dientes y le depilé las cejas con pinzas.

—¡Caray! —exclamó su padre mientras tomaba un bocado de chuleta de cerdo—. No sabía que los perros tuviesen cejas.

Al día siguiente Merla encontró a su madre en el salón.

—He lavado toda la ropa —dijo Merla, arrastrando por el suelo un cubo la mitad de grande que ella—. La he lavado, la he tendido y la he doblado. Incluso he lavado a mano la ropa delicada.

—¡Vaya! Gracias, mi amor —replicó la madre de Merla, mirando a su hija como si tuviera monos en la cara.

—Y, papá —añadió Merla, volviéndose a su padre, que estaba leyendo un libro—, te he cepillado los zapatos, he sacado la basura y he limpiado los canalones del tejado.

—¡Bárbaro! —exclamó su padre, atónito.

—¡Ah, sí! Y le he cambiado el aceite al coche —dijo Merla cuando se iba de la sala.

Cuando volvió la esquina, le di la mano (la pezuña) a Merla.

—Ahora —dije—, a por los deberes. ¿Tienes algo que podamos adelantar? ¿Tienes ya los libros del año que viene?

¿Y sabes qué? Que después de que Merla entregó los deberes esa semana me contó que había sacado requetesobresalientes en todo.

Tengo que reconocer que fue fantástico. Hasta su profesora se sorprendió.

—¡Cómo has mejorado! —comentó la profesora de Merla—. ¿A qué se debe este cambio?

—¡Ah, muy fácil! —repuso Merla—. Mi perro me hizo los deberes.

44

EL MEJOR PERRO DE LA HISTORIA

Y, de repente, un buen día (un maravilloso día), el padre de Merla apareció por la puerta con una caja. Pero no cualquier caja, sino una con un lazo rojo en la parte superior y agujeros en los laterales. Supe que solo podía significar una cosa.

Cuando Merla la abrió, supuse que se pondría a gritar o chillar, o que empezaría a flotar en el aire como la cabeza de un diente de león. Pero, para mi gran sorpresa, sacó con cuidado al amorfo chucho de la caja y lo besó en la frente. Su alegría era serena y silenciosa. Dejó que le olisqueara la mano y tuvo muchísima paciencia mientras él se acomodaba y se dormía; al fin y al cabo, era una cuidadora de *requetesobresalientes* para una mascota de verdad.

—Muy mono —comenté—. Buena elección. Y no es para nada demasiado oblongo.

Pero Merla no estaba escuchando. Estaba lejos, muy lejos, en las acogedoras tierras del paraíso de cachorros reales.

Me fui al dormitorio, donde recogí mis escasas pertenencias caninas, incluido el retrato a lápiz que Merla me
había hecho, y me dirigí a la sala de estar.

—Bueno —anuncié en voz alta, mi voz resonando en
el suelo de madera y las paredes—, creo que me voy a ir.
Aquí ya no soy necesario.

Supuse que, ahora que Merla tenía un perro de verdad, podía irme tranquilamente; que era lo que quería.

—Adiós —dije.

Es curioso, pero, al no oírla nadie, esa palabra sonó
más vacía e insignificante que cualquier otra. Sin embargo, antes de abrirme paso con dificultad por la puerta
para perros oí unos pasos presurosos y noté una mano en
el lomo.

—Ahora que el cachorro está aquí —dijo Merla—, no
pasa nada si quieres irte. Tampoco te gustaba mucho ser
mi perro, ¿verdad?

—Bueno, no sé... —Sonreí—. No todo ha sido malo.

—Antes de que te vayas —continuó Merla—, ¿quieres saber por qué me gustan tanto los perros?

—Pues sí, la verdad —contesté—. Yo solo he conocido a uno y era lo peor.

—Lo que me gusta de los perros —explicó Merla— es
que les da igual si eres hiperactiva o tienes una pinta rara,
o eres la peor en multiplicaciones de toda la clase. Les da
igual si te llenas el vestido de barro o nunca cuentas los

chistes bien del todo, o si eres la niña menos popular de tercero. Un perro esperará igualmente a que vuelvas a casa todos los días. Y siempre se alegrará de verte. Para un buen perro eres la mejor persona del mundo entero.

»Y ¿sabes cuáles son los mejores perros? —preguntó Merla—. Son los que te hacen sentir que eres capaz de cualquier cosa. ¿Cuántas personas en el mundo creen en ti así? ¿Cuántas ven algo en ti y te hacen sentir especial?

—Casi nadie —convine—. Con suerte, puede que una o dos en toda tu vida.

—Vale, pues ¿sabes qué, Jacques Papier, perro temporal? —inquirió Merla.

—¿Qué?

—Que has sido el mejor perro de la historia —dijo con su amplia y fabulosa sonrisa.

45
LAS COSAS QUE VOY
A ECHAR DE MENOS

De nuevo me encontré esperando en la Oficina de Reasignación. Mientras esperaba, repetí mentalmente una y otra vez las palabras de Merla.

«El mejor perro de la historia.»

No sabes lo que aquellas palabras significaron para mí, porque ni yo mismo sé lo que significaron para mí ni por qué fueron tan importantes.

«El mejor perro de la historia.».

La última vez que me sentí tan especial fue cuando estaba con Fleur. Comprendí que era una sensación que quería devolver. Lo cierto era que me había gustado ayudar a Merla; para mi sorpresa, me había gustado incluso más que ayudarme a mí mismo. ¿Habría cierta magia en las palabras de Merla?

Lo único que sabía era lo bien que me hacían sentir y que todo el mundo (perros y no perros) debería procurar decir esas palabras, quizá para sus adentros nada más o quizás en voz alta, con los ojos cerrados, hasta que realmente se las crea.

«Soy el mejor perro de la historia.»

Adelante. Inténtalo.

«Soy el mejor perro de la historia.»

—No sé si el mejor, pero eres muy oblongo, eso seguro.

Abrí los ojos, saliendo del trance.

—¿Eres tú? ¿De verdad? —pregunté. Me lancé sobre la vaquera de los patines de ruedas y empecé a lamerle la cara hasta que me acarició las orejas.

—Yo también me alegro de verte, Jacques Papier —dijo Vaquera.

Entonces comprendí dónde estábamos los dos y lo que eso significaba.

—Si estás en la Oficina de Reasignación, es que...

—Es que mi niña me ha liberado —concluyó Vaquera—. Así es.

—¿Qué tal lo llevas? —pregunté.

—Pues bueno... —contestó Vaquera—. Es duro. No dejo de pensar en todas las cosas que voy a echar de menos, todas las cosas que nunca podré ver. Tiene su primer baile escolar la semana que viene. Entiendo que no me hubiese dejado ir con ella ni nada, pero aun así me hubiera gustado verla con el vestido, porque siempre la he visto con peto y botas de vaquero.

Pensé unos instantes en ello. Pensé en Fleur y en que me había pedido que nunca la olvidara, que volviera si podía.

—Yo creo que estarás allí —dije, poniendo una pata sobre la mano de Vaquera—. Ella te imaginó, lo que te convierte en parte de ella. Creo que eso dura para siempre.

Vaquera se enjugó los ojos y esbozó una sonrisa.

—Puede que tengas razón —repuso, acariciándome la cabeza—. Gracias, socio. A ver si será verdad que eres el mejor perrito de la historia.

Después de que Vaquera partiese hacia su nuevo destino, me topé con un viejo conocido de lo más desagradable.

—¿Qué hay, tío? Si estás aquí, en la Oficina de Reasignación, es que has seguido mi consejo.

—¡Eh! —exclamé, señalando a Bicharraco con la pata—. ¡Me *engañaste*!

—¿Ah, sí? —repuso Bicharraco. Bebió una taza de té a sorbos con el meñique levantado y goteando humo en el suelo.

—Solo quería respuestas —repliqué—. Saber lo que soy. Y tú me metiste en todo esto. Tengo todo el derecho a estar enfadado contigo.

—Conque enfadado, ¿eh? —dijo—. Porque a mí me parece que tienes *miedo*.

Bicharraco se me acercó. Pude oler entonces todo el miedo que había infundido a los niños que se lo habían imaginado.

—Y reconozco el miedo —prosiguió.

—¿Mi-mi-mie-do? —tartamudeé—. ¿Miedo de qué?

—Tal vez —dijo Bicharraco— estés solucionando el problema de tu identidad real. Y tal vez, solo tal vez, no te guste la respuesta.

46
EL PERRITO DE LA PRADERA ATERRORIZADO

Después de que procesaran mis papeles, que rellené mucho más detalladamente, me despedí encantado de Bicharraco y salí por la puerta hacia mi nuevo destino, dispuesto a demostrar que no le temía a nada. Era un salón anticuado cualquiera de una casa antigua cualquiera. Lo primero que vi fue una cabeza que desaparecía detrás de un sofá. La cabeza lucía una pelambrera cobriza y gruesas gafas, y me recordó un perro de las praderas aterrorizado escondiéndose en una madriguera.

—¡Hola! —dije.

Entonces la figura de detrás del sofá corrió pasillo abajo, abrió una puerta y desapareció dando un portazo. La seguí, llamé a la puerta y, como no contestaba nadie, volví a llamar. Por fin, al tercer intento la puerta se entreabrió lentamente con un gruñido.

—¡Buenas! —dije, al fin frente a los ojitos de búho que había tras las gafas—. Soy Jacques Papier. Encantado de conocerte.

Quise darle la mano, pero el niño se cubrió la cabeza como si fuese a atizarle.

—¿Tienes nombre? —pregunté.

El niño no contestó, pero vi un nombre escrito con rotulador en una mochila que colgaba de la puerta del armario.

—A ver, *Bernard* —dije—, intuyo que te gustaría que me largara, pero eso será difícil porque eres tú quien me ha imaginado.

Al oír eso los ojos de Bernard se abrieron más si cabe. Iba a preguntarle cómo me había imaginado cuando oímos una voz masculina que gritaba desde la cocina.

—¡A cenar, Bernie! Y, si te has vuelto a esconder en el váter, lávate las manos, por favor.

La reacción de Bernard fue pasar corriendo por mi lado en dirección a la cocina como si tuviese el pelo en llamas.

La verdad: menudos modales tenía ese perro de la pradera aterrorizado. Aquello no iba a ser nada divertido, pensé.

47
YIMELO

Me senté a la mesa con Bernard y su padre. El padre de Bernard llevaba gafas igual que su hijo, y varios bolígrafos que perdían tinta en el bolsillo delantero de la camisa.

—¿Qué, campeón? ¿Qué tal estás? —preguntó el padre.

—¿Qué tal estoy? —contesté—. La pregunta más adecuada sería qué soy... —Hice una pausa—. ¡Ah..., le hablabas a él!

Bernard, sentado frente a mí, me miraba sin pestañear.

—Pues en mi clase —empezó su padre— mis alumnos están aprendiendo que el ojo humano tiene millones de células fotosensibles llamadas conos. Es lo que nos permite ver los colores.

Eso explicaba lo de las gafas y los bolis. El padre de Bernard era un friqui profesional.

—Los perros solo tienen dos tipos de conos —siguió perorando su padre mientras servía guisantes en el plato de su hijo—, por lo que pueden ver tonos verdes y azules.

—Vi que el humo de los guisantes empañaba las gafas de Bernard.

(FRIQUI PROFESIONAL)

Sin apartar los ojos de mí, Bernard levantó el tenedor lleno de guisantes y se lo acercó lentamente a la cara. Cuando el tenedor llegó ahí no quedaba ni un guisante, y estoy casi seguro de que se hubiese sacado un ojo de no ser por las gafas.

—Los humanos —continuó el padre de Bernard como un libro científico— tenemos tres tipos de conos, por lo que vemos verdes, azules y rojos. Las mariposas tienen cinco tipos.

»Pero los mejores ojos —prosiguió el hombre— pertenecen a una clase especial de langostino que tiene dieciséis conos, ¿te imaginas?

»El arco iris que nosotros vemos está formado por la combinación de los colores verde, azul y rojo. ¡Pues imagínate cómo lo veía ese pequeño langostino! Lo veía enorme y gigantesco, y tendría rayos infrarrojos y ultravioletas, y cosas que ni nos imaginamos. Y el caso es que técnicamente estaría viendo el mismo fenómeno que nosotros, pero lo que ellos son capaces de ver es...

—Invisible para nosotros —dijo Bernard, acabando la frase.

El padre de Bernard sonrió impresionado. Dejó de hablar; puso la misma cara que si hubiese conseguido que un animal salvaje comiera de su mano, pero no quisiera tentar su suerte.

Tras la cena, me senté a solas con Bernie, que seguía mirándome sin pestañear.

—No tengo naaaaada más que hacer, chaval —dije mirándolo fijamente también y con el ceño fruncido—. Puedo pasarme así toda la noche.

—Yimelo —dijo al fin Bernard, rompiendo el silencio.

—¿Perdona? —repuse.

—Es el nombre de uno de los colores que no podemos ver. Yimelo —repitió Bernard—. También podrían estar el gloul, el novaly y el replitz.

—Sí —asentí, asombrado de que el chico pudiese enlazar tantas palabras seguidas—. ¡Ah...! Y no te olvides del bonito grynn, el luminoso duloff o el winuze suave.

A Bernard se le iluminó la cara. Se levantó y empezó a pasear por la habitación, hablando a toda prisa.

—O el salado, el insomnio, el despreocupado, el parlanchín, el solitario, el quemado y el puntual.

—Algunos de mis colores favoritos —concedí, asintiendo—. Podríamos pintar este cuarto de color susurro. O zigzag. O quizá de un bonito tono de ignorado e invisible.

Bernard no pudo contenerse y se le escapó una especie de carcajada discreta y entrecortada.

—Bendita hilaridad —añadió.

Yo también me eché a reír, lo confieso. ¿Qué quieres que te diga? El niño era muy gracioso, la verdad.

Pero, como descubriría, gracioso era solo uno de los muchos colores de Bernard que nadie más llegó a apreciar nunca.

48
FALTAN PALABRAS

Aquella noche dormí en un saco en el cuarto de Bernard. Me quedé ahí tumbado, totalmente despierto, contemplando el recuadro de luz que proyectaba la luna en el suelo. Pensé en las palabras que Bernie y yo nos habíamos inventado horas antes y en lo estupendo que era, porque, bien mirado, no había suficientes palabras en el mundo. Caí en la cuenta de que no había una palabra para el recuadro de luz que proyecta la luna en el suelo.

Tampoco hay una palabra para cuando vas a presentar a alguien y de repente se te olvida su nombre. Todo el mundo ha experimentado esa pequeña punzada de pánico y, sin embargo, no hay una palabra para ella.

Ni hay una palabra para los mensajes secretos de una sopa de pasta de letras.

Ni para la primera vez que pisas descalzo la hierba tras un largo invierno.

Ni para cuando un perro se sube a tu cama, menea feliz la cola y te da un golpetazo en la cabeza.

Ni para cuando te ves el pelo mucho peor después de cortártelo.

Ni para cuando alguien tiene una sonrisa tan resplandeciente que debe de tener una luciérnaga atrapada en su cabeza. (Por cierto, que rogaría que esa palabra fuese Fleur.)

No hay una palabra para esa broma de toda la vida en que estás al lado de alguien y, sin que te vea, vas y le das un golpecito en el hombro más alejado de ti.

Ni para la nota de un desconocido en un libro de segunda mano.

No hay una palabra para cuando alguien cómico y peculiar como Bernard decide que es mejor ser el niño más invisible del mundo a que le tomen el pelo. Supongo que tenía sus ventajas no existir. Como ser etéreo, ir a la deriva, poder entrar y salir de los sitios pasando desapercibido; no tener amigos y, por tanto, no tener nadie a quien perder.

No hay una palabra para los barcos que quieren permanecer hundidos, las agujas que se esconden en un pajar ni las perlas que están enterradas para siempre bajo la arena.

—¿Sabes una cosa, Bernie? —le dije un día en que se nos colaron varias personas en la cola del cine—. Para alguien como yo, que soy realmente invisible, es un poco insultante que te empeñes tanto en que no te vean.

Probablemente no todo el mundo lo notaba, pero como yo era invisible estaba especialmente sensibilizado. En clase de educación plástica siempre colgaba sus dibujos de modo que todos quedaran tapados por los de alguien más, o se vestía con colores sosos y aburridos, o se movía tan sigilosamente que parecía que sus pies estuviesen hechos de borlas de diente de león.

No hay una palabra para la manera en que Bernard ocultaba su verdadero yo como una ardilla que almacena nueces para el invierno.

—Una vez —dijo— fui tan invisible que se posó en mi cabeza un pájaro; un pájaro de verdad, ¿eh? Pensé que se animaría a hacer un nido y todo.

Y desde luego no hay una palabra, pensé, para alguien que parece un buen refugio para pájaros.

49

LA LANGOSTA DA EN EL BLANCO

Bernard podría haber seguido siendo eternamente invisible, de no ser por el día en que por poco dejó ciega a una niña de su clase.

Estaban en clase de educación física, al aire libre, y jugaban al juego más temido por cualquier alumno con gafas: el balón prisionero. En realidad, en el colegio de Bernard no lo llamaban así, porque había tantos setos y arbustos cerca de la cancha que lo llamaban balón oculto o balón perdido, pero nunca balón prisionero. Bernard empleaba la que me explicó que era su «táctica habitual».

—Vale, te escondes en los arbustos. ¿Y luego qué? —quise saber.

—Y luego espero a que acabe educación física, claro está —contestó Bernard en un tono de «no te enteras».

—Pero ¡tendría que ser divertido! —dije—. Estás en el patio.

—¿Has *estado* alguna vez en un patio? —preguntó Bernard—. ¡No hay normas! ¡Es una anarquía! Es un:

solo-puede-hablar-el-que-tiene-la-caracola-y-vamos-a-por-el-de-las-gafas.[3]

—¡Vaya, muy gráfico!

El sistema probablemente habría funcionado si, después de que todo el equipo de Bernard fuese eliminado, nadie hubiera vislumbrado un destello de cordón rojo detrás de un arbusto.

–¡Eh, que aún falta alguien! —gritó el equipo de Bernard.

Bernard asomó sus ojos de búho por el borde del arbusto.

—*¿Quién es ese?*

—*Pero ¿estudia en este cole?*

—*Me parece que no es más que un roedor grande.*

Pues no. Era Bernard, que fue obligado a salir del escondite y unirse al juego. Absolutamente todos los balones rojos del patio estaban en su lado de la cancha, unos cuantos habían ido a parar precisamente al arbusto que él había estado usando como refugio. Recogió uno con miramiento y se ajustó las gafas.

—¡Qué pe-pesadilla! —tartamudeó.

No le faltaba razón, ya que sus contrincantes eran muchos:

En las canchas de juego, había un chico conocido como el Trombón por sus brazos extrañamente largos, con los

---

3. Como en la novela *El señor de las moscas*, de William Golding, en la que un avión se estrella en una isla desierta. Los únicos supervivientes son unos niños que se ven obligados a sobrevivir sin adultos. El que tiene la caracola es el único que puede hablar y no debe ser interrumpido. *(N. de la T.)*

que efectuaba lanzamientos de catapulta y recogía la bola de forma asombrosa. Estaba Azul Medianoche, una niña tan menuda y rápida que nunca la veías venir. Y, finalmente, el más temido de todos, el Gallinero. Era un misterio de la ciencia cómo aquel chico sostenía tantos balones a la vez en las manos, pero era capaz de cargar con media docena como si fuesen huevos pequeños de gallina.

—Lo que tienes que hacer —le dije— es sujetar una pelota con cada mano.

Bernard hizo lo que le había dicho. Yo lo observé con atención.

—La langosta —dije al cabo de un momento.

—¿Qué? —inquirió Bernard.

—Ese puede ser tu alias de jugador. Las pelotas rojas parecen pinzas de langosta.

—¡Y eso qué más da! —replicó Bernard—. Bueno, ¿qué hago?

—Pues ve a por uno de los niños más vagos del fondo —sugerí—. ¡Mira! Hay un grupo de niñas que llevan todo el partido cuchicheando. Prueba con una de ellas. Ni siquiera están mirando.

—No puedo —susurró Bernard aterrado—. Una de ellas es la niña de pecas.

—Ya... ¿y? —repuse—. Pues apunta a una peca.

—No —contestó—. Es que... me cae bien.

—¿Que te cae bien? —le espeté—. ¿Y a mí qué si...?

¡Ahhhh, ya lo pillo! —sonreí, entendiéndolo por fin—. Estás superenamorado de ella, ¿verdad?

—No sabe ni que existo —contestó Bernard.

—¡Deja ya de susurrar a compañeros imaginarios y juega! —exclamó una voz desde la banda.

Así pues, Bernard se acercó cautelosamente a la línea del patio pintada de blanco que dividía los equipos. Yo también me acerqué, esperando que al menos uno de los dos evitase una muerte segura.

—Flota como una mariposa de goma —le aconsejé—. Clava el aguijón como una abeja de plástico.

Bernard hizo rechinar los dientes. Sus gafas no hicieron más que agrandar la mirada resuelta de sus ojos. Cuando lanzó el balón, el tiempo transcurrió con más lentitud, los planetas se alinearon y entonces...

Entonces Bernard *golpeó* a alguien.

El balón había dejado las pinzas de la langosta y se había estampado en...

—¡Le he dado! —exclamó Bernard ahogando un grito—. ¡Le he dado en toda la cara!

Así era. Al otro lado de la línea, la adorada de Bernard se había llevado ambas manos al ojo al tiempo que sus compañeros de equipo y el profesor corrían hacia ella.

—Bueno —procuré consolar a Bernard, dándole unas palmaditas en la espalda—, por lo menos ahora seguro que sabe que existes.

50
¡FARFALLINI!

Bernard y yo nos pusimos debajo de la ventana de la enfermería. Asomé la cabeza por encima del alféizar y miré por la ventana para ver mejor lo que sucedía en el interior.

—¿Lo ves? —dije, volviéndome a agachar al lado de Bernard—. Ya te he dicho que no era nada. Está ahí sentada con una bolsa de hielo en el ojo. Si fuese algo grave, habría venido una ambulancia, o un cura.

—¡Uff! —contestó Bernard—. Pues tendré que disculparme ¿no?

—¡Quieto ahí! —repliqué, frenando a Bernard—. No te embales, donjuán. ¿Sabes ya lo que le dirás a esa chica?

—¿Qué tal «siento haberte lesionado y haberte tirado la pelota a la cara»? —respondió Bernard.

—No, demasiado soso —comenté—. Suerte que me tienes, tío. Para hablar con una chica primero hay que buscar temas de conversación. Ya sabes, cosas que tengas en común con ella.

—No sé qué tenemos en común —dijo Bernard.

—Vamos a ver: ¿qué es lo que más te gusta? —pregunté—. Encontraremos algo que le guste a todo el mundo y lo mencionaremos. Por ejemplo —continué—, ¿cuál es tu animal favorito?

—El caballito de mar —contestó Bernard sin dudarlo.

—¿Quieres tomarte unos minutos para pensarlo? ¿No? De acuerdo, pues, el caballito de mar. ¿Y qué me dices de tus aficiones favoritas?

—Me gusta hacer tartas de chocolate —respondió Bernard.

—No es romántico.

—Me gusta desgranar las mazorcas cuando hay maíz para cenar —propuso Bernard.

—Desgranar mazorcas de maíz no es una afición.

—Me gusta coleccionar plumas.

—Es vulgar.

—Me gustaría ser mago. ¡Alakazam o el mismísimo Houdini!

—Nunca le digas eso a una chica, te lo pido por favor.

—Me gusta inventarme canciones.

—Vale, muy bien —dije al fin—. Música. A todo el mundo le gusta la música.

—Sí —repuso Bernard—. Me gusta inventarme canciones sobre distintos tipos de pasta. ¡FARFALLINI —cantó—. FUSILLI, ESPAGUETIS, RIGATONI, MANICOTTI!

—Para, para, por favor —dije, masajeándome la cabeza—. Plan be. Tú entras, yo me quedo aquí al lado de la ventana y te voy soplando lo que tienes que decir.

—Eso no es muy honesto —protestó Bernard.

—Para enamorar a una chica —dije al tiempo que empujaba a Bernard hacia la puerta—, siempre es buena idea usar la imaginación.

51
¿LLEVAS TODO ESTE RATO AHÍ?

Bernard entró en la enfermería como acostumbraba hacerlo: como un fantasma que acaba de darse cuenta de que ha salido de casa sin pantalones. Entró temerosa y sigilosamente sin que ni siquiera la enfermera lo viese, y bordeó un estante con folletos sobre piojos y los riesgos de no limpiarse los dientes con hilo dental. Se deslizó con tanto sigilo y discreción que, cuando la niña de las pecas (y el ojo morado) al fin lo vio, pegó un grito del susto.

—¡Aghggh! —exclamó—. Perdón —añadió, tranquilizándose una vez que comprendió que Bernard era absolutamente inofensivo—. ¿Llevas todo este rato ahí?

Bernard no contestó.

—Soy Zoë —dijo ella

Intenté por telepatía Jedi que Bernard dijera cómo se llamaba, pero se quedó ahí plantado con la boca abierta como uno de esos payasos de feria a los

que disparas agua. Estaba convencido de que en cualquier momento su cabeza de plástico estallaría.

—Oye —prosiguió Zoë—, ¿tú no eres el que me ha dado en el ojo?

Esta vez, a modo de respuesta, Bernard se ruborizó y quiso encogerse tras la cortina separadora que había junto a la camilla de Zoë. Supuse que era el momento de tomar cartas en el asunto antes de que Bernard acabase también con un ojo morado.

—¡Psssst! —susurré.

Bernard miró hacia la ventana.

—¡No, no me mires! —exclamé.

Bernard volvió de nuevo la cabeza bruscamente hacia Zoë, luego hacia el suelo, después al techo.

—Di algo sobre el partido —le aconsejé.

—¿Digo que lo siento?—susurró Bernard. No estaba mirando hacia la ventana, pero tampoco estaba mirando a Zoë. Estaba hablando hacia el suelo, como un lunático.

—¿Me preguntas a mí? —preguntó Zoë.

—Dile... —intenté improvisar algo poético—. Dile que tiene el pelo del color del maíz recién desgranado. Que sus ojos son como tartas de chocolate. Que sus pecas son como puntos que se unen para dibujar tu corazón.

—¡No! —gritó Bernard—. ¡No pienso decir eso!

—Vale, pues no te disculpes —le espetó Zoë, cruzándose de brazos—. ¡Qué morro...!

Me cubrí el rostro con la mano. Tendríamos que ponernos manos a la obra. Justo en ese momento la enfermera del cole se acercó a ver cómo estaba Zoë, retiró la bolsa de hielo y examinó la contusión.

—Debido al rasguño —dijo—, tendrás que ponerte esto unos cuantos días. —La enfermera le dio a Zoë un parche médico negro para el ojo. Como el que llevaría un pirata—. He llamado a tu madre. No tardará en venir —continuó la enfermera—. Hasta que venga, descansa.

La enfermera se volvió para coger una almohada para Zoë y soltó un grito.

—¡Aghh! —exclamó, por poco pisando a Bernard—. Perdona —se disculpó—. ¿Llevas todo este rato ahí?

¡Qué desastre!, pensé. Esto iba a ser más difícil de lo que me había imaginado.

52
LA PRIMERA FRASE COHERENTE
DEL BEBÉ BERNIE

Convencí a Bernard de que al salir del cole fuese a casa de Zoë con un ramillete de dientes de león, los tallos mustios en sus nerviosas manos. Era lo correcto, especialmente después de la que había liado (bueno, *habíamos*) con la primera disculpa.

—¿Otra vez tú? —dijo Zoë. Su madre la había persuadido de que fuera a abrir, pese a que Zoë protestó, temerosa de que alguien le viese el parche del ojo—. ¿Has venido para seguir sin disculparte? —le preguntó a Bernard.

Bernard se limitó a mirarla fijamente y yo le di un codazo en el costado.

—¡Ay! —En un primer momento me figuré que Zoë igual le daría un puñetazo, pensando que se estaba burlando de ella, pero entonces vi que su ojo bueno sonreía muy tenuemente. ¡Había funcionado! Formábamos un gran tándem. ¡Algún día escribirían sonetos sobre este gallardo dúo! Y, si no, yo mismo los escribiría.

—Vamos, rarito —dijo Zoë, tomando a Bernard de la mano—. Ayúdame a hacer el trabajo para el cole.

Mientras Bernard dejaba que Zoë lo condujese al interior se volvió y me lanzó una mirada que lo decía todo: ¡por fin lo habían visto!

Y estaba muerto de miedo; así que, aunque yo sobrase un poco, decidí que probablemente debería ir con él.

La familia de Zoë tenía una piscina en la parte trasera de la casa rodeada de plantas y rocas, con una pequeña cascada incluso.

«¡Qué pasada! —pensé— ¿Quién quiere una piña colada?»

Estaba intentando pensar en algo que Bernard pudiera decir (algo sobre el azar, el destino y la trayectoria de una pelota) cuando, para mi sorpresa, aunque parezca mentira, *habló*. Él solito. Me sentí como un titiritero cuya marioneta de pronto se levanta y empieza a bailar alegremente.

—¿Qué centelleante eso es? —preguntó Bernard.

Vale, las palabras no estaban en el orden *correcto*, pero aun así el esfuerzo era considerable.

—¿Eso? ¡Ah! Es que mis amigas y yo hacemos un número de baile en el concurso de talentos —explicó Zoë. Levantó un sombrero forrado todo él de lentejuelas verdes superpuestas.

—Parece una cola de sirena —dijo Bernard—. No todo el mundo es consciente de ello, pero ¿sabías que los parches en el ojo te permiten ver sirenas?

Genial. Perfecto. Bernard por fin había hilvanado con éxito su primera frase coherente delante de una chica, y era un disparate.

—Mmm... ¿sirenas? —preguntó Zoë.

—Sí —contestó Bernard—. Para verlas solo tienes que taparte el ojo bueno.

Zoë se echó a reír y, para mi sorpresa, se tapó el ojo bueno con una mano.

—Donde viven las sirenas es un poco como tu piscina —continuó Bernard—, solo que ellas construyen casas con huesos de ballena y restos de barcos hundidos. Juegan al ajedrez con los caballitos de mar, llevan capas de escamas de pez y duermen en camas de algas.

Mientras escuchábamos me pareció oír un ligero chapoteo en el extremo de la piscina.

—De noche —prosiguió Bernard— encienden una anguila eléctrica que usan de lamparilla y encienden el fuego, y el humo sube por una chimenea de coral.

—Espera un momento... —interrumpió Zoë, absolutamente enfrascada en la descripción de Bernard—. ¿Cómo van a hacer fuego, si viven debajo del agua?

—Pregúntaselo a ellas —contestó Bernard.

Zoë y yo lo miramos atónitos.

Y, verás, sé que la luz es engañosa y sé que seguramente todos habíamos inhalado demasiado pegamento de lentejuela, pero durante un instante fugaz el azul de la piscina de Zoë dio paso a un agua de color aguamarina más intenso y oscuro. Las pocas plantas y rocas fueron reemplazadas por un lago y una cascada donde algunas sirenas se arrellanaban medio en el agua, medio al sol. Chapoteaban y se zambullían, sus carcajadas eran semejantes al sonido del agua.

Así que, después de todo, a lo mejor sí que en materia de imaginación Bernard era un poco mago.

53
LAS FACETAS OCULTAS

Después de que Bernard se fuese a dormir aquella noche, decidí dar un paseo para reflexionar un poco. Si algo me quedó claro con el episodio de las sirenas fue que Bernard no estaba asustado ni cohibido, ni en una audición para la parte del queso de la canción *Un granjero en el valle*, sino que verdaderamente vivía en su propio mundo particular. «El mundo de Bernie.» Por eso, pensé, las abejas y los pájaros se posaban en él; era evidente que albergaba todo un mundo en su interior con ríos de miel y un corazón de flores. Bernard era como un capullo cerrado, una bellota con un árbol dentro, una canción por oír.

Para ser sincero, empezaba a pensar que era impresionante ver las facetas de *alguien* que nadie más veía. Poder verlo inventando cancioncillas y poniendo caras divertidas delante del espejo; verlo chocar esos cinco con la hoja de un árbol o parándose a contemplar un gusano verde milimétrico que cuelga de un hilo invisible en el aire, o ver que es realmente distinto y solitario, y que en ocasiones llora por las noches. Viéndolo, viendo su *verdadero* yo, era inevitable pensar que todos y cada uno de nosotros somos increíbles.

Y supongo que ese *somos* me incluía a mí, pensé.

Pero ¿qué tenía yo de especial?, me pregunté. Me imagino que uno no siempre sabe ver esas cosas de sí mismo, quizá porque es demasiado subjetivo, como una flor que mira hacia abajo y se piensa que no es más que un tallo. Supongo que lo importante es confiar en que lo eres. En que eres especial. Y quienes te rodean lo ven con más claridad de la que jamás te imaginarías.

Cuando quise darme cuenta mis pies me habían llevado hasta la casa de muñecas en la que ya había estado varias veces para las reuniones de Imaginarios Anónimos. Me pregunté si alguien me reconocería. No había tenido ocasión de preguntar qué aspecto tenía ahora; había estado tan liado ayudando a Bernard que se me había pasado por completo.

—¿Hola? —pregunté en voz baja, abriendo la puerta de plástico rosa, que chirrió—. ¿Esto sigue siendo Imaginarios Anónimos...?

«Imaginario o no, solo soy tan invisible como me sienta.»

Tras el canto en grupo, tomé asiento al fondo y escuché al primero en hablar, aunque la verdad es que no fui capaz de ver a nadie al frente de la sala. La que hablaba debía de ser bajísima, pensé. Seguro que la pobre habría incluido sin querer los términos *elfo* o *liliputiense* en el formulario de reasignación.

—Claro que fue duro, al principio —dijo la imaginaria diminuta—, pero luego entendí que puede que algún día recorra el mundo entero. Puede que el aire me transporte hasta el Amazonas o me suba hasta la Torre Eiffel, que me quede pegada a un mono peludo y viva en la copa del árbol más alto. Vamos, que soy una vaquera afortunada.

Los demás miembros aplaudieron y dieron las gracias a la imaginaria por compartir su historia. Yo también estaba agradecido, pero por otro motivo. Después de que todos hablasen, y después de las galletas y el zumo, me abrí paso hasta la imaginaria minúscula.

—¿*Vaquera*? —pregunté—. ¿Eres tú, Vaquera? ¿En serio?

54
EL MUNDO EN UNA PELUSA

—Eres..., eres... —le dije a Vaquera, aturullado, procurando dar con la palabra.

—Una pelusa —dijo, ayudándome a concluir el pensamiento.

—Sí, ya —repuse—, pero ¿qué eres? ¿Una semilla de diente de león? ¿Polvo? ¿Quién se imaginaría algo así?

—Se llama Marcel. Tiene seis años. Leyó un libro sobre un elefante que descubría una ciudad diminuta en una pelusa y decidió que quería una para él solito. Así es como llegué a él.

—Una pregunta —dije—: ¿qué pusiste en tu formulario?

—La verdad es que no lo rellené —respondió Vaquera—. Pensé: ¡bah! Iré donde me lleve el viento.

Sopló una brisa en la casa de muñecas y Vaquera revoloteó unos instantes antes de volver a sentarse.

—Literalmente —dije, y ambos nos reímos—. ¿Sabes una cosa? —añadí—. No deja de sorprenderme que te haya reconocido.

—¡Oye! —exclamó—, que yo te reconocí cuando eras un chucho en forma de salchicha de Frankfurt, ¿o no? Ni que costara tanto. Solo hay que traspasar el exterior. ¿Te has fijado alguna vez en que sucede lo mismo con la gente real? Aunque una persona tenga setenta años, la reconoces igual. El secreto está en los ojos.

Intenté visualizar los ojos con gafas de Bernard, y los de Merla, rebosantes de energía. No me costó mucho. Cuando intenté visualizar los ojos de Fleur, el recuerdo fue un poco más borroso, pero Vaquera llevaba razón. Ahí estaban, haciéndose más nítidos al cabo de un segundo: el color de dentro parecido a un estanque, azul y verde, y con motas doradas como el sol; un sitio del que, en cualquier momento, aún podría salir un pez de un salto a la superficie.

—Antes de que te vayas... —dijo Vaquera—. Tengo algo que es tuyo.

—¿Mío? —inquirí—. Pero si yo no tengo nada. Cuando te conviertes en el nuevo amigo de un niño pierdes todo lo que llevabas encima

Vaquera flotó hasta la mesa y se cernió cerca de una servilleta. Yo fui tras ella, levanté la servilleta y se me cortó la respiración al ver lo que había debajo.

—Lo cambié por otra cosa —dijo ella.

Ahí, en la mesa, estaba la brújula que Fleur me había regalado, la que creía que había perdido para siempre a manos de Bicharraco. Qué raro era, me di cuenta entonces, recuperar algo de lo que te habías desprendido por no ser consciente de su valor. Sujeté la brújula con fuerza, entendiendo su verdadera magia; magia que me recordaba lo que había perdido y que me decía que valorase el momento presente, porque puede que también eso desapareciese pronto.

55
BENDITO FRACASO FUTURO

—Bernard —dije al día siguiente después del desayuno—, he decidido que nos presentaremos al concurso de talentos del colegio.

Bernard se limitó a mirar impasible su cuchara de cereales como si esta contuviese un miniapocalipsis.

—¿Me has oído? —pregunté.

—No —contestó Bernard.

—DIGO QUE NOS PRESENTAREMOS AL CONCURSO DE TALENTOS —dije gritando.

—Ya lo he *oído* —dijo Bernard, tapándose las orejas—, pero no, no pienso participar. ¿Tú me has visto bien?

—Te veo estupendamente —respondí—. ¿Esa camisa es nueva? Las rayas son tu color, amigo mío.

—No —insistió Bernard—, me refiero a que no tengo talento absolutamente para nada. Pero ¡si a veces me tropiezo simplemente andando! Una vez por poco me maté saltando a la comba y soy alérgico a las mariposas.

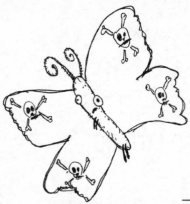

—No creo que ninguno de esos problemas sean por falta de talento —repliqué, y añadí—: ¿A las mariposas? ¿En serio? Da igual —dije, agitando la mano—, al grano. ¿Tocas algún instrumento?

—Mi primo una vez me enseñó a hacer pedorretas con la axila. Mira, escucha...

—No, no hace falta. Te creo —dije—. ¡Qué experiencia tan intensa! ¿Sabes hacer malabarismos? ¿Girar platos o bastones de fuego en el aire?

—Pues no, aún no lo he probado, pero me gustaría —contestó Bernard.

Esto iba a ser más difícil de lo que me había imaginado. Derrotados, ambos nos dejamos caer en las escaleras de la entrada. Entonces oí un ruido metálico en mi bolsillo y al meter la mano encontré la brújula que me había devuelto la vaquera.

—¿Qué es? —preguntó Bernard.

—¿Esto? Dicen que es una brújula mágica. Me tocó en un espectáculo de Maurice el Magnífico.

La verdad es que tan magnífico no era, pero un poco gracioso, sí, supongo, para lo viejo que era.

Y, entonces, cuando dije aquello por fin se me encendió la bombilla.

—Ya sé para qué tienes talento —informé a Bernard. Me froté el mentón como un genio malvado o el estilista de un programa de cambio de imagen—. Sí..., sí... —dije. ¡Faaantástico!

—Bendito fracaso futuro —repuso Bernard tragando saliva.

56
BERNARD EL PRODIGIOSO

No les falta razón a quienes afirman que el tiempo vuela cuando intentas que tu mejor amigo haga algo en contra de su voluntad. Cuando quise darme cuenta, la noche del gran concurso de talentos del colegio había llegado.

—¿Qué? ¿Te sientes lleno de magia? —le pregunté a Bernard.

Estábamos entre bambalinas. Bernard llevaba capa y sombrero de mago. Yo llevaba pantalones de lentejuelas y chaleco. Para mí que estábamos estupendos, solo que Bernard se había puesto de un verde sospechoso y estaba empezando a desentonar con mis destellos.

—No te pongas nervioso —dije—. No es más que una sala repleta de gente y unos cuantos jueces, y... ¡Eh, mira quién va ahora! Zoë-la-del-parche-en-el-ojo. Había olvidado que también actuaba.

El rostro de Bernard pasó del verde al gris. Vimos la actuación de Zoë y su grupo de amigas, y continuamos mirando cuando en pleno número empezaron a pelearse y tuvieron que sacarlas del escenario. Después de aquello actuaron un grupo de metal, un poeta y otros tres grupos de bailarinas que también se pelearon sobre el escenario.

—Cada vez tenemos más probabilidades de ganar, me gusta —le susurré a Bernard—. ¡Venga, que nos toca!

—Y, a continuación —dijo el presentador, leyendo en su tarjeta—, ¡la magia de Bernard el Prodigioso y su guapo ayudante!

Todos, incluso el padre de Bernard, en primera fila, y Zoë, entre bastidores, se pusieron a aplaudir cuando aparecimos en el escenario empujando un armario.

—En mi primer truco —dijo Bernard en voz baja— haré que desaparezca mi ayudante.

—¿Qué? —gritó alguien desde las últimas filas del auditorio—. ¡Habla más alto, chico, que no te oigo!

—¡Digo —repitió Bernard de forma que se le oyera mejor— que voy a hacer que desaparezca mi ayudante!

Le di un codazo a Bernard.

—Mi *guapo* ayudante —rectificó.

Hubo susurros y murmullos entre el público.

«¿Qué ayudante?»

«¿Veis a alguien?»

«¿Este niño está loco o qué?»

Entré en el armario con mi donaire habitual. Bernard cerró la puerta. Entonces, con ademán teatral, aunque torpe, se puso a andar majestuosamente alrededor del armario, agitó los brazos y exclamó varias veces «¡Alakazam!», «¡Abracadabra!» y «¡Shazam!», tras lo cual abrió la puerta y...

¡El armario estaba vacío!

—Ta-chán —dijo Bernard.

Bueno, te confieso que el auditorio aquel estaba tan silencioso que hubieras podido oír a una cría de ratón hipando o a una pulga rascándose. Jamás había visto a tanta gente boquiabierta y frunciendo el ceño desconcertada.

Pero, entonces (¡Yuujuu!), se oyó una risita por el fondo; una risotada, más bien. Y por lo visto fue contagiosa, porque al cabo de nada se oyeron risas en todos los rincones de la sala, cada vez más estrepitosas, como una música titilante perfecta.

Volvieron a aplaudir con el siguiente truco de Bernard, en el que con una sierra cortaba a su ayudante invisible por la mitad.

Se rieron cuando hizo levitar a mi yo invisible. Se desternillaron cuando hizo pasar mi cuerpo por un aro plateado y se murieron de risa cuando Bernard atravesó mi cabeza imaginaria con una espada.

«¡Un genio de la comedia!», gritaron.

«¡Con diferencia, el número más divertido!»

«¡Que gane Bernard el Prodigioso!»

57
Y SU SIMPÁTICO AYUDANTE

Después del espectáculo vi que saludaban a Bernard varios compañeros de clase, algunos de los cuales estoy casi convencido de que hasta aquella noche no sabían cómo se llamaba.

«Deberías dedicarte a la comedia en serio», le aconsejaban.

«¿Cómo se te ha ocurrido una idea tan buena?», preguntaban.

«¿Por qué no te sientas con nosotros en el comedor?»

Y desde de entonces las cosas mejoraron.

El lunes, Bernard fue elegido entre los cuatro últimos para jugar a *kickbol* en el patio. ¡Entre los cuatro últimos! Normalmente no lo elegían, así que fue un avance enorme. Y durante el partido no tuvo que esconderse en los arbustos ni recurrir a la ayuda del follaje ni nada.

El martes, Bernard levantó la mano por primera vez en todo el curso y contestó cuál era la capital de Idaho. A la hora de comer no se sentó solo y cuando el autobús escolar llegó a su casa era lo bastante visible como para que al conductor no se le pasase su parada.

El miércoles, Zoë, que estaba aún más guapa con los dos ojos, le preguntó a Bernard si pensaba ir al baile del colegio. Bernard dijo que seguramente se pasaría y Zoë dijo (¡agárrate!) «nos vemos allí». ¡Nos vemos allí! En cuarto de primaria eso equivalía poco más o menos a estar prometidos.

El jueves, el director entregó a Bernard su trofeo del concurso de talentos: había quedado en primera posición y hasta ponía «Bernard el Prodigioso» grabado al frente en una pequeña placa de oro. Debajo figuraban las cuatro palabras más impresionantes de todas: «y su simpático ayudante». ¡Bendita fama! ¡Bendita fortuna!

Todo iba estupendamente.

Tan estupendamente, de hecho, que el viernes comprendí la triste realidad: había llegado el momento de irme.

El niño invisible ya no era invisible. Ya no iba a poder pendonear más. Ni esconderse durante los partidos. Ni ir por libre. Porque ahora lo habían visto.

Así que me fui.

No tuve el valor de despedirme.

Sabía que me pediría que me quedara y, si lo hacía, me quedaría. Bernard era como una tortuga que apenas empezaba a sacar la cabeza de su propio caparazón. Si me quedaba, al menor sobresalto volvería a refugiarse al abrigo de mi compañía. Y yo no quería que Bernard volviese a esconderse, eso estaba claro. Quería conservar este sentimiento de orgullo por haber contribuido realmente a cambiar la vida de alguien. Y eso, pensé, me hacía un poquito menos invisible. Sí, regresaría a la Oficina de Reasignación para explicarlo todo, y me proporcionarían una nueva casa.

Mientras veía cómo Bernard sacaba brillo a su trofeo y se reía con sus nuevos amigos, me di cuenta de que había hecho muchos trucos, y bien, pero había uno que lo convertía en verdaderamente genial: Bernard el Prodigioso se había hecho aparecer a sí mismo de una vez por todas.

58
OCHOCIENTOS MIL MILLONES
DE ESTRELLAS NUEVAS

De modo que partí hacia no sabía qué. Un nuevo destino, supuse. Un nuevo punto en el Mapa de Mí.

Bernard, pensé, también tenía un mapa. El suyo era uno de esos mapas realmente especiales. Ya sabes, de esos que miras y no parece más que un pergamino en blanco, pero con las gafas descodificadoras supersecretas adecuadas poco a poco empiezas a verlo todo: las lagunas de sirenas, la montaña del mago y los colores, sí, todos los colores para los que aún no hay nombre, ahí, en el Mapa de Bernard.

Sin ningún otro sitio adonde ir, me acerqué a la Oficina de Reasignación. Les dije que no había necesidad de rellenar un formulario. No respondí a ninguna pregunta. Incluso estrujé la hoja con efectismo, pensando: «enviadme donde más falta haga». Esperé en la sala de espera vacía y cuando dijeron mi número, crucé la puertecita al encuentro de mi nueva vida, preparado para lo que fuese que viniera.

Sin embargo, había olvidado lo sucedido justo al principio de mi viaje: que si no rellenas el formulario, te mandan al limbo. A la oscuridad. A esperar. Posiblemente durante mucho, muchísimo tiempo.

Y ahí es exactamente donde me encontré.

Decidí fingir que jugaba al escondite. Recordé que fuera de la oscuridad estaban ocurriendo muchas cosas. Me las imaginé todas.

«Han nacido 1 064 millones de bebés mientras tú estás metido en este baúl de juguetes», pensaba. «Se han extinguido, además, 8 586 especies; han entrado 480 volcanes en erupción; 1 200 personas han muerto porque les ha caído un coco en la cabeza; han pasado 416 lunes, y martes, miércoles, jueves y viernes; la luna ha orbitado 104 veces alrededor de la Tierra, y han nacido ochocientos mil millones de estrellas nuevas en la galaxia.»

Pero para mí no había estrellas. Únicamente oscuridad. Y la oscuridad estaba empezando a consumirme.

Era como si mis recuerdos estuviesen esculpidos en arena y luego los dejasen por descuido demasiado cerca del agua. Estaban volviéndose etéreos, intangibles, invisibles. Y yo no sabía qué hacer para retenerlos.

Primero, vi que se iba mi nombre.

La *J* se alejó flotando como una gran pompa, seguida de la *A*, la *C*, la *Q*, la *U*, la *E* y la *S*, todas de un tirón. Las letras *P-A-P-I-E-R* tardaron un pelo más, primero la tinta se desdibujó y las letras acabaron por descomponerse en fragmentos flotantes; la curva en forma de media luna de una *P* y los dientes de tenedor de una *E* se fundieron para, finalmente, desaparecer en un tango de letras de origami. Me desprendí de los mapas que había dibujado, mis canciones favoritas y todas las personas que había conocido, con las que me había relacionado y que me habían importado. Adiós a la generosidad de Fleur, a la paciencia de mi madre y la capacidad de asombro de mi padre; adiós a la creatividad de Pierre, el corazón enorme de Merla y el valor de Bernard; adiós al espíritu aventurero de Vaquera, a Calcetín Apestoso, a Míster Lastimoso y el resto de imaginarios; adiós a su manera de preocuparse más por la felicidad de sus amigos que por la suya propia. Todos esos recuerdos batieron las aletas y se alejaron como un banco de peces voladores inconcebibles, invisibles e imaginarios.

Y entonces me quedé solo de verdad.

¿Quién eres cuando todo lo que sabías de ti mismo se ha esfumado?

¿Quién eres cuando no hay nadie que te recuerde tu función, ni hay recuerdos que lamentar o que te reconforten?

¿A qué te parecerías si no recordaras haberte parecido nunca a nada? ¿Qué forma adoptarías?

¿Qué soñarías por las noches si no tuvieras recuerdos? ¿Qué notas se te quedarían grabadas en la mente si no recordaras ninguna canción?

Después de que todo se hubiese desvanecido, allí a oscuras, procuré verme a mí mismo. No tenía ninguna forma concreta, naturalmente, pero daba igual. Había aprendido que eso no importaba nada. Bueno, ¿qué era? Puede que mis recuerdos se hubiesen desvanecido, pero las personas que había conocido formaban parte de mí. Ellas me habían *hecho*. Y en ese sentido comprendí que simplemente siendo yo mismo estoy con ellas, con toda su generosidad, todo su valor y desprendimiento. No necesitaba mapas ni brújula alguna para hallar ese lugar que ellas habían contribuido a crear. De modo que llené mi hogar interior de muebles; de carcajadas y luz, de amor y una familia. Visualicé que era capaz de surcar un cielo preñado de Neblina Otoñal y que al llegar a mi destino sabría que, por fin, estaba en casa, después de pasar tanto tiempo tan lejos.

59
BRANQUIAS, ALAS
Y ESCAMAS VERDES

Tanto tiempo había transcurrido que cuando el oscuro limbo al fin acabó, no entendí muy bien lo que veían mis ojos. ¿Había percibido la luz con anterioridad o solo me la había imaginado?

Me encontraba en la habitación de un niño. Parecía un sueño, una mezcla de todos los cuartos que había conocido. El entablado crujió. En algún punto lejano oí que un perro ladraba. El aire olía a ropa limpia, a pino y al indicio, por fin, de libertad.

La ventana estaba abierta y las cortinas levantadas danzaban. Parecerá absurdo, pero en ese momento me entraron ganas de llorar; un poquito nada más. ¿Siempre habían sido tan bonitas las cortinas que bailaban al viento? ¿Y los entablados que crujían, los perros que ladraban y el polvo danzarín de los rayos de luz sesgada? Supongo que hay que verse privado de *todo* para valorar de verdad *cualquier* cosa.

¿Dónde estaba? ¿*Qué* era? Salí por la ventana y, una vez en la hierba, me miré las piernas. Estaban cubiertas de escamas de un verde esmeralda vivo y fuerte. Me toqué la nuca y noté unas branquias. Moví la espalda y me di cuenta, para mi sorpresa, de que tenía *alas*.

Flexioné los músculos y las alas se movieron.

«A ver si...», dije, y me impulsé con los pies. ¿Y a que no sabes qué? ¡Sabía volar! Pero ¿desde cuándo? Porque, si era algo que había hecho antes, no me podía creer que lo hubiese olvidado.

Le cogí el tranquillo bastante rápido y me elevé en el cielo más y más.

Mientras volaba, contemplé los campos de color amarillo dorado de abajo con vacas desperdigadas y ondulantes colinas verdes sin casas, sin vallas. Vi que el verde dejaba paso a la arena y las dunas, y luego a más casas y más carreteras en la otra orilla. No sabía adónde iba; era como si tuviera una especie de brújula interna, así que la seguí y continué volando hasta el anochecer.

En un momento dado tuve la sensación, no sé por qué, de que había llegado.

Vi una calle abajo. Al igual que muchas cosas en mi vida, esta también dibujaba un círculo. Aterricé con suavidad, si bien con cierto estrépito, en el tranquilo barrio. En la placa de la calle decía Cherry Lane, el sol acababa de ponerse y estaban llamando a todos los niños para que dejasen de jugar y se recogieran en casa.

Tuve la sensación de que mi mente había sido un dibujo en blanco y negro, y de algún modo todo empezó a llenarse de color. Contemplé la casa amarilla que había ante mí, el buzón rojo, las flores púrpura... Un halo luminoso se formó alrededor de la luz del porche. Parecía una invitación, como el último reducto de un mundo gigantesco.

«Alguien», pensé, «me ha dejado la luz de ese porche encendida.»

60
BIENVENIDO A CASA, JACQUES PAPIER

Subí los peldaños de la casa de la luz cálida. Había algo en la pintura desconchada del porche que me resultaba familiar y frené en seco cuando vi dos letras, una *J* y una *F*, talladas en el tronco de un árbol.

«Yo he estado aquí antes», pensé. «Hace muchísimo de tiempo.»

Me disponía a empujar la mosquitera, cuando oí un gruñido a mis pies. Miré hacia abajo y me encontré con el perro más viejo que había visto en mi vida. Su cuerpo era alargado, sus patas, cortas, y arrastraba la barriga por el suelo. Su pelaje era gris con manchas, y sus ojos estaban nublados por la edad. Aunque gruñía con manifiesta inhospitalidad, tuve la extraña sensación de que éramos viejísimos amigos.

O, por lo menos, viejísimos enemigos.

—No le hagas caso.

Levanté la vista y al otro lado de la puerta había una niña pequeña de unos siete años, puede que ocho. Era pelirroja y le brillaban los ojos al sonreír.

—Soy Felice —dijo la niña—. Te diría que entraras, pero es que no creo que quepas.

Así pues, me condujo a la parte posterior de la casa y me dio una taza, según ella, de helado flotante con cerveza de raíz y nube, y un plato de quesos a la parrilla lunar. Miré a mi alrededor mientras comía. «Yo he jugado aquí antes», volví a pensar. «Me he tirado sobre las hojas amontonadas de este jardín y he dibujado mapas, y me he inventado infinidad de juegos. Pero ¿cuándo? ¿Con quién?»

La puerta de atrás se abrió y salió una adolescente pelirroja como Felice.

—Tenías razón —le susurró Felice a la niña mayor—. Me he imaginado a un amigo y ha *venido*. *Volando*, creo.

—¡Qué bien! —repuso la chica, rodeando a su hermana con un brazo—. Un amigo volador. Eso es especial. ¿Cómo es?

—¿No lo ves? —inquirió Felice—. Está justo aquí. ¡Es gigante!

—No —contestó la niña mayor—. A mi edad no se tienen amigos imaginarios.

—Pues es mitad dragón y mitad pez —explicó Felice—. Y come helados flotantes con cerveza de raíz y nube, y quesos a la parrilla lunar, pero su comida favorita es el polvo de estrellas.

—¡Ya está! —exclamó la niña mayor. Puso cara de sorpresa, pero enseguida volvió a sonreír—. Ya sé qué es —continuó—. Es un arenque dragón.

Felice lo pensó y acto seguido asintió con la cabeza, decidiendo que su hermana mayor, como de costumbre, tenía toda la razón.

—Tendré que ponerle un nombre —dijo Felice.

—Creo que ya tiene uno —repuso su hermana.

Y aunque había dicho que no podía verme, la niña mayor se me acercó y me miró directamente a los ojos (lo juro).

Y fue entonces cuando me di cuenta de que en los ojos de esa niña había algo que me resultaba familiar. El color de dentro era como un estanque, azul y verde, y con motas doradas como el sol. Vamos, que en cualquier momento bien podría salir un pez de un salto a la superficie.

Conocía esos ojos. Algo brotó en mi interior. No sé cómo, pero cuando agaché la cabeza, la niña que no podía verme se apoyó en mis invisibles escamas verde esmeralda y cerró los ojos. Y, entonces, por un instante fugaz, volvimos a ser ese niño y esa niña que se inventaban juntos interminables mapas, él era el capitán del bosque y ella, la oficial. Bajo la resplandeciente luz del final del verano, tallaron dos iniciales, una *J* y una *F*, en el tronco de un árbol. Concentraban la magia en sus pequeñas manitas, volvían cada noche a casa dando volteretas y se dormían con briznas de hierba en el pelo.

Tanto amor afloró en mi corazón que pensé que estallaría. Y aunque sabía que ella no podía oírme, aunque sabía que mis palabras se perderían, quise decírselo de todos modos.

—Fleur —susurré—. No te he olvidado.

—Fleur —dije—. He vuelto.

—Bienvenido a casa —dijo ella entonces—. Bienvenido a casa, Jacques Papier.

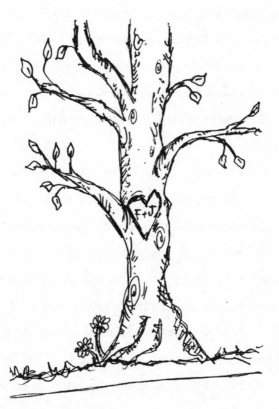

Agradecimientos

Por ayudarme en esta travesía para contar mi historia, quisiera dar las gracias a Fleur y Felice Papier, a mamá y papá, a Maurice el Magnífico, a Vaquera, a Míster Lastimoso, a Calcetín Apestoso, a De Todo, a la Oficina de Reasignación, a Pierre, a Merla y a Bernard.

Por último, quisiera dar las gracias a François, el horrible perro salchicha: todo gran relato necesita un villano mezquino y bajo, y nadie está más cerca del suelo que tú.

~Jacques Papier, autobiógrafo

Gracias a Emily Van Beek, por ser una persona en quien confío y a quien admiro profundamente; a Nancy Conescu, magnífica editora, este final es tan tuyo como mío; a Lauri Hornik, por sus reflexiones, sus consejos y por decir que sí cuando le pedí (nerviosa) que ilustrara el libro; a Sarah Wartell, Josh Ludmir, Jake Currie y Patrick O'Donnell por su entusiasmo ante dichos dibujos fuera de lo común; y, por último, a mi familia y mis amigos, en palabras de Jacques Papier:

«Todo el mundo se siente invisible a veces...».

Cierto. Pero todos vosotros hacéis que me sienta infinitamente menos invisible.

~Michelle Cuevas, autora

PUCK

AVALON

Libros de *fantasy* y *paranormal* para jóvenes con los que descubrir nuevos mundos y universos.

LATIDOS

Los libros de esta colección desprenden amor y romance. Ideales para los lectores más románticos.

LILIPUT

La colección para niños y niñas de 9 a 14 años, con historias llenas de aventuras para disfrutar de verdad de la lectura.

SERENDIPIA

Una serendipia es un hallazgo inesperado y esto es lo que son los libros de esta colección: pequeños tesoros en forma de historias contemporáneas para jóvenes.

SINGULAR

Libros *crossover* que cuentan historias que no entienden de edades y que puede disfrutar tanto un niño como un adulto.

¿Cuál es tu colección?

Encuentra tu libro Puck en:
www.mundopuck.com

 puck_ed
 mundopuck